大　師　名　作　坊

MASTERPIECE 911

蛛巢小徑

伊塔羅・卡爾維諾◎著
紀大偉◎譯

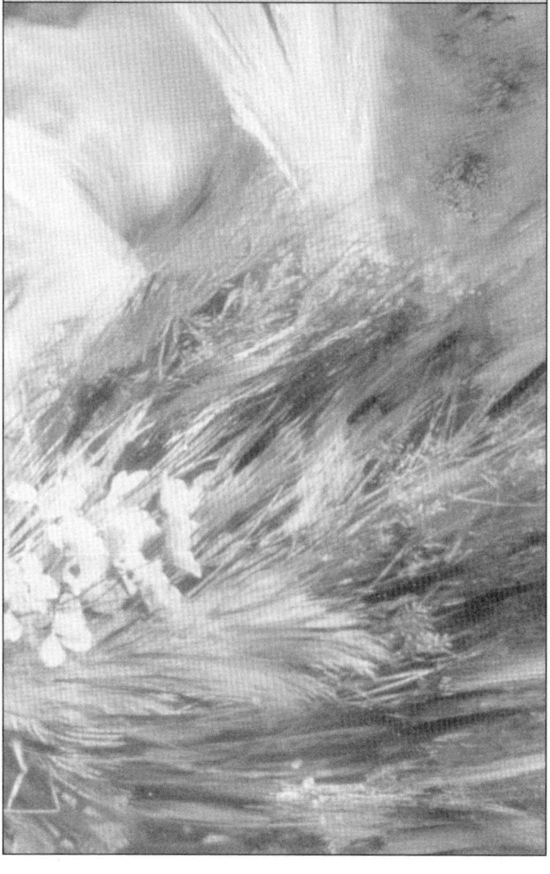

CONTENTS

contents

作者序

這是我的第一部長篇小說——除掉些許短篇小說不算，這本長篇小說幾乎可以算是我的第一份寫作成果。當我重讀這部長篇小說時，此時的我作何感想呢？❶這本書與其說是出於我自己，不如說是出於時代的群體氛圍、出於道德張力——至於作者是誰，其實並不重要。在第二次世界大戰的終了時刻，我們的世代在這種文學品味中指認自己。

在那個時代，義大利的文學狂潮與其說是藝術事件，還不如說是肉體的事件、存在主義事件、群眾事件。那時我們才經歷了戰爭，我們年輕一輩的人（在大戰時，我們太年輕，未能加入游擊隊）並不覺得失敗、挫折、虛脫。恰好相反，我們是勝利者，才剛結束的戰爭驅動了我們，我們得天獨厚擁有戰爭留下來的寶藏。然而，我們並未輕易樂觀，也並不無端亢奮——事實正好相反。我們覺得自己所持有的寶藏，是相信生命得以從傷痕重生的信念、是對諸多問題的通盤關切，甚至是我們足以熬過折磨絕望的內在能力——此外，我們還多具備了一些大膽的歡愉。許多事物就從這樣的氛圍中滋生出來——我處理最早的一批短篇小說以及第一本長篇小說的寫作態度，也正是當時的產物。

時至今日，這種特色尤其觸動我們：時代的音量比寫作者發聲來得強大，比仍未確定的個人式轉音來得有力。當時的經驗、大戰與內戰無人得以倖免，作者和讀者都一概受苦過，作者和讀者之間的溝通也就格外順暢了。大家面對面，勢均力敵，各有好多故事要說；每個人都有自己的故事；每個人的生命都有歧路、高潮與冒險；我們從彼此的嘴角摘下詞語。重獲說話的自由之後，我們立刻感受到敘述故事的熱望：在恢復行駛的火車上，在塞滿乘客、麵粉袋、橄欖油桶的車廂中，每一位乘客都對陌生人述說似眞半假的故事；廉價飯館餐桌前的每一位食客，以及商店外排隊購物的每一位婦女也都有故事要說。日常生活的灰黯彷彿屬於另一個時代，而我們卻得以走入七彩故事的國度。

於是，在那年頭開始寫作的人就會發現：自己處理故事素材的時候，就像是沒沒無名的口傳敘述者❷。我們親身經歷或目睹的故事和我們曾經聽來的寓言混雜合一，揉入了嗓音、腔調、模仿的表情。在游擊戰場中所經歷的故事，都遭扭曲變形，化爲黑夜裡爐火邊的閒談——這些故事增生出風格、語言、虛張聲勢的氣味、追求痛苦駭怖特效的企圖。我的部份短篇小說以及這本長篇小說的部份章節，就是從這種新生的口傳傳統、從這些事件、從這般語言之中孕生出來。

可是……可是，在那時，寫作方式的奧妙並非只在於寫作內容的基本性、普遍性；寫作內容並不是寫作成品的主要來源（我著手寫下這篇序的時候，一開始就回憶當時的群眾情緒——或許也正因爲如此，我忘記自己其實是在談論一冊書，一種以字句寫在白色紙頁上的東西……）。反而在許久之後，我們才發現：那時候的故事，只不過是半生不熟的材料——當時激發年輕作家的自由爆發力，並不見得是作家急於記實、報導的願望，反而該是作家急於「表達」的慾望。表達什麼呢？表達我們自己，表達我們才剛體會的生命苦味，表達當時我們「自以爲懂」或「自以爲是」的人事物——或許在那時節，我們眞的「懂」，也眞的「是」。角色、風景、射殺行動、政治宣言、行話、詛咒、詩心、軍火、性愛，這一切都只是調色盤上的顏料，只是樂譜上的音符；我們都很明白，歌劇的音樂總是比歌劇的台詞重要。雖然按理來說，我們應該多加關心作品的內容，可是我們卻正是最死硬派的形式主義者；我們理當扮演客觀冷靜的記者，但是我們卻比抒情詩人還要濫情。

對當時揭竿而起的我們來說，這就是「新寫實主義」了。這本書就是一份具有代表性的型錄，展示了「新寫實主義」的優缺點。產出這本書的動力，就是開創文學的青猛慾望；這種慾望，就是此一「流派」的特色之一。時至今日，有些人記憶中的「新寫實主義」仍然大抵是文學遭受的一種污染，或是文學之外的因素❸施加在文學上頭的包袱——不過，這種看法並不盡然正確。實際上，文學之外的元素屹立不搖，毋庸置疑，看起來簡直就是天生的事實。對我們來說，一切的問題就是文學的問題；我們只想要將這個世界轉化成文學作品——我們以為，這個世界就是「唯一」的世界。

*

「新寫實主義」並不是一個流派。（我們必須試著準確地陳述事實。）「新寫實主義」是多種聲音的組合；這些聲音大致上都是邊陲的。「新寫實主義」大規模發現了義大利的多種地方風貌，甚至——或者該說，尤其——許多義大利的地方風貌都不曾在既往的文學中呈現過。正因為彼此未曾往來（或，誤以為彼此未曾往來）的義大利各地風土是多彩多姿的、正因為繁異的方言和術語可以揉合為文學語言，所以才有了「新寫實主義」。不過，「新寫實主義」並非只局限於地方風情——十九世紀的「寫實主義」❹才著眼於區域性格。在「新寫實主義」風潮下，作家藉著刻畫地方風情來為他們的作品增添眞實的風味，他們作品的關注焦點並不是地方風情本身，而是這整個世界：就像一九三〇年代作家筆下的美國鄉野一樣——許多批評家就曾指稱，我們是這些美國作家直接或間接的徒子徒孫。於是，語言、風格、步調對當時的我們而言是極其重要的；我們的「寫實主義」會和「自然主義」越離越遠❺。我們為自己畫出一條陣線，或者該說是一個黃金三角——威爾加❻、維多里尼❼、帕維瑟❽——我們從此展現，每個人各自以自己的地方語彙和風景為寫作基礎。（我總是說「我們」而非單一的「我」，彷彿我所談的運動組織完善，經過熟慮。但我要解釋，當時的實情正好相反。多輕易呀——當人在討論文學的時候，就算身置最為嚴肅、最實事求是的討論場合中，也會不知不覺地捏造事實……也因此，文學的討論越來越讓我感覺惱怒——無論是別人或我自己的文學議論，都讓我厭煩。）

我筆下的風景，是讓別人嫉妒的，我自己的私有物（我可以從這裡為自序開頭：將「一個文學世代的自述」這個命題加以壓縮精簡，一開頭就談論和我自己直接相關的事物，或許我可以因此避免空泛籠統的弊病……），以前都沒有人將這般風景眞切寫在紙上。（只有詩人蒙塔列❾例外——雖然他來自里古利亞的里維拉那邊。在閱讀蒙塔列的時候，我覺得從他的意象和語言，可以讀出我們共同家園的記憶。）我自己則是波南提的里維拉人，我的家鄉是聖雷莫。我偏激地將觀光味濃重的海岸從聖雷莫的風景中抹去——那樣的海岸，充斥著棕櫚樹、賭場、飯店和別墅——我似乎以這觀光景致為恥。我從舊城的窄巷下手，爬上河床，避開幾何形狀的康乃馨花床，我偏愛葡萄園階地以及圍牆古老乾枯幾欲頹圮的橄欖樹林，我在苔草蔓蔓的山丘驟徑探險，抵達森林的起點，近處先是松樹，再過去就是栗樹，然後我看見海——從高處總是可以清楚看見海，那是一條夾在兩翼綠蔭之間的藍帶。我一路從海平面來到里古利亞阿爾卑斯山低處的迂迴山谷。

我擁有風景。可是，如果要描繪這片風景，風景只會具有次要地位：人民、故事，會比風景更重要。抗戰時期即呈現了風景和人民的交融。這，就是我的小說了，我沒有辦法用別的方式將它寫出來。我整個人生的日常景致，已經全然變得特殊、驚險：這個故事從舊城的幽暗拱門開展，一路延伸到森林。這個故事追尋、藏匿武備的人們。我發現當時的別墅都已經被徵收、改建爲禁閉室和監獄，於是我在小說裡重繪別墅當年風貌；康乃馨的花田早已是無人管理的廢地，無法橫越，甚至還自然生出一場火災，而我也將昔日花事寫下了。因爲作者可以將人間故事嵌入風景之中，所以「新寫實主義」才會……

＊

在這本小說裡（我最好言歸正傳。現在就爲「新寫實主義」寫下辯護狀，是言之過早了些；甚至，在今日分析我們爲何和「新寫實主義」決裂，都還比較貼合我們的情緒），那個文學時期的陳跡和作者少年時代的刻痕交織一起。在小說末尾，暴力和性的主題都被激化，而這樣的手法看起來是太過天眞的（而今日的讀者則可以適應更加火辣的口味），也太過勉強了（作者後來的作品中，暴力和性都只是外圍的、暫時的主題，而此可知作者無心於此）。

這本小說塞入了意識型態的論點。這種手法看來眞是太天眞、太勉強了，更何況像這樣的一個故事根本就建立在一種截然不同的基礎上：在語言和意象方面，都是直接呈現、客觀敘述的風格。爲了要滿足意識型態的需求，我使出一招權宜之計：我將所有的理論思考全放在第九章之中；在風格上，這特別的一章和書中其他章節有很大的差異。第九章收納了政治委員金姆的思維，這一整章簡直就像插在一本小說中腰的序文。果然，這樣的權宜之計慘遭我的早期讀者全面批評，他們進而勸我將這一整章砍去。我明白，這本書並沒有完好的一統性格（在那年頭，風格的統一性是美學的少數評斷準則之一；不同風格和語言交雜並置的手法在今天雖然風光，但是在早年卻還沒有流行），但我堅持不改：這本書就是這副德性了，充滿綜合的、不規矩的元素。

後來文學批評的另一個焦點，就是語言—方言的主題。在此，這個主題的面貌還處於初步階段：方言凝結成爲色塊（然而在我較晚的作品中，我試著將方言完全吸收在語言中，宛如重要卻隱形的血漿）；有時候好像很可貴、有時卻又流溢而來的，質地不均勻的文字，則全都用來呈現直接的描述；俗民文化（俗諺、歌謠）詳列出來，像紀錄片一般，簡直達到民俗研究的水準……動詞的時態是個問題：因爲方言中並沒有「簡單過去式」，此外光用「完成式」又太單調了，於是我便決定以「現在式」寫下這整本小說……

另外（我繼續羅列時代的符號；這些符號或屬於我，或遍及眾人。在此時寫下的序文必須具有批判性，才會顯得有意義），描述人物性格的方式也該留意：誇張怪誕的相貌，扭曲的面容，曖昧的、俗世的、群眾的戲劇。義大利的文學和造型藝術錯過了第一次世界大戰戰後的「表現主義」❿盛會，但第二次世界大戰之後就達至高峰。或許，義大利那段時期的標籤應該是「新—表現主義」而不是「新寫實主義」吧。

「表現主義」風格鏡頭的扭曲表現，可以在這本書中的人物臉孔看見。這些臉孔本來都屬於我的親朋好友。我努力僞飾這些臉，讓人看了認不出來，讓這些臉變得「負面」——因爲我覺得唯有在「負面」裡頭才存有文學意義。同時，我也對眞實人生懷抱懊悔——眞實人生更是繁異，更是暖和，更不可定義啊；我對眞實的民眾懊悔——我知道他們的人性是更豐富良善的啊；懊悔的心境伴我好幾年……

*

這是我的第一部長篇小說。當我現在重讀這本小說的時候，它在我身上產生了何種效果？（我這時已經找到一個好論點了：懊悔之心。我應該在序文開頭就談懊悔之心。）這部小說爲我帶來長期的不適——這些不適感，有一部份已經稀釋，有一部份卻仍然殘存。這種不適感之所以出現，是因爲面對遠比自己巨大許多的事物，是因爲我所有同儕所糾纏的情緒，是因爲悲劇，是因爲英雄風度、慷慨作爲、天才行徑，是因爲出自良心的黑暗劇。抗戰：這本書在「抗戰文學」中的位置在哪裡？當我在書寫這本書的時候，開創「抗戰文學」似乎是種迫切的使命；解放才不過兩個月不到，維多里尼的《人與非人》⓫就出現在書店櫥窗裡，散放我們死亡與欣悅的太初方言。米蘭的都市游擊隊也馬上有了他們的小說，盡數在城市的向心地圖上快速進擊；曾爲山中游擊隊員的我們也想要自己的小說，小說裡要有我們自己獨特的步調和律動……

我當時對於文化並非全然無知，我明白歷史對於文學的影響是間接的、緩慢的、經常矛盾的。我很清楚，許多偉大的歷史事件並沒有產生偉大的小說，甚至最卓越的「小說世紀」也一樣。我知道，「復興運動」⓬的偉大小說並沒有寫出來過。我們全都曉得，我們並沒有太天眞；可是我相信——一個人只要目睹過、見證過歷史，心中就會生出特別的責任心……

就我來說，這種責任心終究讓我覺得——歷史的課題太過重要、太過嚴正了，並不是我的能力所可以負擔。而且，我為了避免自己被這樣的課題嚇住，便決定不要迎頭硬攻，而改從側面切入。我利用一個孩子的眼睛來觀看這個世界，孩子所在的環境充滿頑童和游民。我發想出這個故事：一方面，故事仍然牽連游擊戰、英雄主義和犧牲；另一方面，故事保有自己的色彩、苦味、步調……

*

這是我的第一部長篇小說。經過這麼多年之後，我可以如何定義、重審這部小說呢？（我必須從頭開始重寫這篇序文。我行進的方向錯誤：我幾乎要說，這部小說之所以出現，是因為我很聰明，逃開「使命感」的重擔——事實正好相反……）我將這部小說定義為一種「使命感」文學，但我採用「使命感」的廣義。在今天，當人們在討論「使命感的文學」時，通常都會陷入錯誤的想法——人們會以為，這種文學只是用來註釋早已定案的論述，和任何文學表現無關。但，實際上，所謂的「使命感」，是種承諾，是可以在各種層面跳出來的；在此，它主要的意涵是：意象與文字，姿態，步調，風格，輕蔑，違抗。

選擇這樣的課題，就已經是一種幾近大膽挑釁的炫耀。向誰挑釁呢？當時的我會說，我要同時站在兩種戰鬥位置上：一方面，我要挑戰詆毀抗戰精神的人；另一方面，我要挑戰將抗戰精神過度神聖化的神殿看守人。

第一種作戰位置：解放結束不過一年的時間，正經十足的體面人士就再次佔據高位，抓住那時期的任何機會大肆發作——舉凡戰後青年生活困頓、犯罪率再次提高、建立新法制困難重重，他們都有意見。他們大聲疾呼，「看哪，我們早就說過了；這些游擊隊，總是那副德性；他們不必大費周章告訴我們抗戰時期的童話；那種理想，我們都清楚得很……」

我就在這種社會氣候之下寫出我的作品；我利用這本小說，弔詭回應那些正經人士：「好極了，你們好像很有道理；我就照辦吧。我不會在小說中描寫最好的游擊隊員，我反而要寫出最壞的一批。我的小說焦點將會放在一組極其狡猾的角色上頭。我故意描寫壞角色而不寫好人物；這又如何呢？這些未加深思熟慮就投入混戰的角色，也都是由人類互救的人性衝動所趨使啊，這種衝動就使他們比你們好上千百倍，使他們成爲推動歷史的動力，而你們這些人根本沒有這把勁！」但這種論點，這種挑釁，現在已經離我很遠了；我要指出，即便在當時，這本書也只不過是一部小說而已，並不是歷史論證過程中的元素。同樣的，如果你仍然感覺到一丁點情緒挑撥，這種微微的刺痛全都來自那時候的爭辯。

來自雙重的爭辯。至於在第二種作戰位置上頭的、位於「左翼文化」的烽火，也離現在的我很遠了。那時，針對藝文活動的「政治指導」才正要開始。有人要求作家創造「正面的英雄」，要作家寫出在社會行爲與革命戰力方面的正當形象、說教標尺。這，我說過，只是起頭；我還要補充，從那時候開始，這種施加在作家身上的壓力並沒有在義大利發揮效力，也得不到支持。然而，新文學隱然就要遭遇危險，似乎即將承受宣教、勸說的差事。當我在寫這本書的時候，我並不甚明白壓力的降臨；不過，我已經被惹毛了，我摩拳擦掌，準備對抗新起的高調。（我們那時維持反主流的精神：反主流，是一種很難維護的資產。雖然這筆資產已經不再完好如初，卻仍然支撐了我們，讓我們度過一段輕易許多卻也非常危險的時期……）

我在那段時期的反應，可說是這樣的：「啊，你們想要『社會主義的英雄』，嗯？你們要『革命精神的浪漫主義』，是吧？好啊，我就寫一篇游擊隊的故事給你們，這故事裡沒有人是英雄、沒半個人具有階級意識。我要獻給你們一個充滿車衣婦、流浪漢、『下層無產階級』的世界！⑬（這對當時的我而言是個新觀念；我以爲這是一個大發現。我那時並不知道，原來下層無產階級一直是，而且永遠是，最好寫的小說領域。）這樣，就是最正面，最具革命性的文學作品了！我們何必去關心早已是英雄，早已具有社會意識的人物呢？從小人物成長爲大英雄的過程，才應該被寫下來啊！既然社會上還有人尚未具備社會意識，我們就該去關心這種人，而且只該關心他們！」

當時我就這樣推想。我滿腦義憤，投入寫作，將我至親好友的面容性格加以扭曲。曾有好幾個月，我就是和這一批好朋友分享一只爛罐的板栗，以及死亡即至的威脅。我曾經擔怕這些友伴的運命；當他們焚燒走過的橋樑時，我好崇拜他們毫不在乎的模樣；我欽羨他們置個人私我於度外的生活方式。而我，卻為他們製作面具，時時為他們戴上扭曲的臉孔，裝上怪誕的身形。在他們的故事裡，我創造出明暗對照的濃密雲朵——或者該說，我當時年幼無知，以為那就是明暗對照的雲……⑭到頭來，卻覺得一種懊悔感跟隨著我好幾年……

＊

我還是要再一次重寫這篇序文，從頭開始。我根本還沒有寫到重點。我說過，乍看之下，藉由書寫這部小說，我好像可以釐清腦海裡的整套想法：理由、論點、對手、文字美學……可是，假若這整套想法仍在存在，就必然停滯於混亂無形的狀態。實際上，這本書之所以出現，實在出於偶然；我在著手寫下這本書的時候，心裡並沒有明確的情節。我從頑童主人翁下手，從對於事實的一段直接觀察下手，從挪移、談吐、與大人世界建立關係的方式下手。小說需要虛構的基礎，於是我發想出頑童的姐姐，以及從德國人手中偷來手槍的故事。接下來，游擊隊員的部分是比較難寫的——我要從頑童的浪徒故事⑮跳接至游擊隊的群體史詩，這個大動作簡直要毀壞一切。我只好發明一項工具，好讓我將整部小說維持在同一個層面上——於是我創造出「德歷托」這個角色，德歷托的疏離感讓我方便寫作。

一如以往，我所寫的故事逼使我想出幾至勉強的解決之道。不過，在這個寫作計畫中，寫作的模式似乎自行生成。我將自己剛出爐的經驗、一串聲音和臉孔、滔滔的論辯、閱讀與經驗的交織物，全都傾倒進這個寫作計畫中。

閱讀以及人生體驗，並非兩種不同的宇宙，而是同一種。任何一種生活體驗，一旦需要加以詮釋的時候，就該仰賴閱讀，兩者熔合為一。事實上，任何書本都是其他書本的產物，這可算是一條眞理；只不過，這條眞理看來是和另一條眞理起了矛盾：另一條眞理指出，書本是眞實生活以及人際關係的產物。才剛結束游擊隊的活動時，我們發現了（先是讀到發表在雜誌上的片段，後來才讀到整本書）一本關於西班牙境內戰事的小說，是海明威在六、七年前寫的：《戰地鐘聲》。這是第一本讓我們看見自己的書。在這本書裡頭，我們轉化成為我們看過、感受、體驗的敘事、主題、文句。帕布羅和碧拉就是我們。⑯（但，現在我最不喜歡的海明威作品恐怕也正是《戰地鐘聲》；事實上，那時候我們發現了海明威的其他作品——尤其是他的早期短篇小說——之後，有感於他寫作風格帶來的眞實啓發，我們才將海明威視爲我們的作者。）

那時候我們感興趣的文學，充盈了人性、殘酷與自然。在內戰時期，俄羅斯人也吸引我們注意——在蘇維埃文學還沒有變得精雕細琢、一副維多利亞德性之前——我們將俄國人當成同志。巴勃⑰尤其讓人留意，他的《紅色基督受難像》（*Red Cavalry*）義大利文譯本甚至是我們在戰前就讀過的；此作堪稱本世紀寫實主義文學的奇書之一，算是知識分子和革命暴力互動關係之下的產物。

這樣的文學，就是《蛛巢小徑》的背景。不過在年輕時代，只要又讀了一本書，就像又張開了一隻眼；以往的肉眼視覺，以及藉由閱讀而來的認知，都一概改變。認識了文學新觀念之後，我渴望能夠創造幼年以來一路誘惑我的各種文學宇宙……於是，我除了驅使自己寫出海明威《戰地鐘聲》之類的作品，我也想寫史蒂文生《金銀島》⑱之類的書。

帕維瑟很快就理解我了，他光看《蛛巢小徑》就可以猜出我所有的文學喜好。帕維瑟是第一個指出拙作具有童話質素的人；而我，本來還不瞭解自己作品的特性，後來才大徹大悟，之後便試圖實現他對我的定義。我就要寫下自己的作品了；如今我發現，早在寫作初期，一切元素均已齊備。

或許，到頭來，一個作家的第一本書才是唯一重要的書。或許作家只該寫出這第一本書。寫作第一本書的時候，是作家跨步跳躍的機會。這個機會讓作家得以一口氣表達自我，讓作家趁此時機打開心結。如果沒有把握這一次，就沒有下一回了。或許一生之中只有某個年紀可以寫詩；對大多數人來說，那個年紀就是年幼時刻。當那個年紀一過，不論有沒有把握機會表達自我（是否表達了自我，只有在百年或一百五十年之後才清楚——同時代的人並沒有能力評斷），在所有的紙牌都攤在桌上之後，作者也只能夠回頭模仿別人，或者模仿自己，再也不能夠成功說出千眞萬確、無可取代的言語了……

*

岔個題。任何討論只要停留在純文學的層次——假使是眞誠的討論——就會進入一條死巷；寫作總是引入死巷。所幸，寫作並非只是文學的行爲；寫作還是「其他」東西。再說一次，我覺得有必要修正這篇序文的進行路徑。

這個「其他」，就我當時所知，就是游擊戰的定義。有一位和我同輩的朋友，現在已經是位醫生；當時他像我一樣是個學生，在那時夜夜和我耗時討論。我們都覺得，抗戰是很基本的經驗：他的使命感比我更多，因爲他曾被指派重要任務，才剛過二十歲就擔任游擊隊支隊的委員。而我在同一支隊裡，只是一個小小的加里波第子弟兵⑲。在解放之後幾個月，我們當時覺得，大家談論抗戰的方式全都錯了，人們唱出高調，而這派胡言遮掩了抗戰的眞實要義、基本性質。現在我很難重建當時他和我的討論內容；我只記得，我們一直反對一切變成神話的意象，我們將游擊隊意識化約成簡單的元素，這種元素只能在我們最老實的同伴身上才看得到。這種簡化的游擊隊意識，是認知當下和未來的鑰匙。

我的朋友是個冷靜、擅長分析的辯論者，他對任何不眞實的事物都嗤之以鼻。這本書中唯一的知識分子角色——金姆委員——就是以他描繪而成；我們在那段時光的討論——我們討論那些未著制服未舉旗幟的人爲何而戰——必然殘留在我的書頁裡，在金姆與費里拉大隊長之間的對話中，以及在金姆的獨白裡頭。

這本書的形成背景，就是上述的思辯，以及——甚至是早於上述思辯之前的——自從我開始使用武器加入戰鬥以來，對於暴力的一切私自反省。在加入游擊隊之前，我本來是一名年輕的中產階級分子，一直住在家裡。那時候，我對於法西斯主義的斥絕是平和的，大致上是對於好武之風的反對；這種斥絕，是風格的問題，或可說是品味的問題。但，我原本和諧的想法突然讓我自己捲入游擊隊的暴力之中，我改而採用暴力來丈量自己的尺寸。眞是傷痛經驗，我的第一次……

在此同時，寫作此書的背景也包括一些思索：關於人們的道德判斷，以及關於我們每個人所作所爲的歷史意義。對許多我的同輩來說，他們爲哪一邊作戰，全是由機運決定。他們的角色經常唐突對換：死忠的法西斯分子會變成游擊隊員，反之亦然。不管他們是爲哪一邊作戰，他們都殺人，也都被人殺。唯有死亡才能讓他們的政治選擇凝止不變。（帕維瑟寫出這種情境了：「每一位罹難者和每一位倖存者都很相像；罹難者問倖存者，憑什麼是我死你活？」《丘上之屋》（*La casa in collina*）的最後一頁如此寫道。當時帕維瑟正夾在兩種情緒之間：他一方面懊悔自己沒有加入戰鬥，另一方面又想眞誠辯解自己爲何拒絕加入。）

*

看哪：我已經發現鋪陳這篇序文的方法。有好幾個月的時間，在戰爭結束之後，我企圖描述第一人稱的游擊隊經驗，或描寫一名肖似我自己的主人翁。我寫了一些短篇小說，有些加以發表了，另一些則丟進字紙簍。我的寫作進度很笨拙。我一直沒有辦法徹底鎮伏多愁善感與道德主義的激情。總是有些地方出了差錯。對我來說，我的個人史看來是卑微的、低賤的。有些事物對我而言極其重要——而我在面對這些事物的時候，心裡滿是矛盾情緒，顧忌再三。

我開始撰寫不一樣的小說，故事裡不再有我自己出現，此後一切順利：語言、韻律、形貌都精準而有效率。我越將小說寫得客觀、無我，這樣的小說就越能取悅我自己——以及別人。我將這些小說帶給同行人士，他們都是我在戰後早期所認識的文友——米蘭的維多利尼、都靈的金芝柏[20]——他們看了這些小說之後，都不再有負面意見。於是我終於知道，小說只要越無我、越客觀，就越是屬於我。

自此，「客觀」寫作的天賦對我而言似乎再也自然不過了；那時我根本沒想過自己很快就要喪失這份天賦。我的十足信心推動了每一篇小說，小說存在的空間就是我知之甚詳的世界：「我的」經驗就是這個小說世界，他人的經驗增益了我的經驗。正因爲我將歷史意義、道德與情感收藏隱匿起來，它們才得以存在。

我在組織裡識得一位少年游擊隊員。當我著手計畫一篇以他爲角色的小說時，我並不覺得這一篇小說會比我的其他短篇小說來得要長。但，這一則短篇小說後來爲什麼轉變成一部長篇小說呢？因爲——我後來才明白——小說主人翁和我之間的認同關係變得複雜了。少年賓這個角色和游擊戰之間的關係，象徵呼應了我自己和戰爭之間的互動歷程。賓的自卑感——他處於難以理解的成人世界中——應和了我自己的自卑。他和我的處境相同，只不過我屬於中產階級。賓出身低下，但他卻引以爲傲，讓他覺得足以和黨羽共謀，甚至他認爲自己簡直就比任何「亡命之徒」來得優越，他也因而大膽妄爲；而我自己則是以「知識分子」的方式來掌控情勢，從不大驚小怪，讓自己不受情緒影響。而且，由於兩者之間的轉換（請注意，我後知後覺，後來才得悉這些轉換。這些轉換是遲來的助力，讓我得以認識自己寫出了什麼），本來隱滅我私己觀點的小說又再一次成爲「我的」故事……

「我的」故事主題，是一段維持太長久的青春期。故事裡的少年將戰爭視爲一種「不在場證明」——不論就這個詞的原義和隱喩而言。在數年之內的空間裡，「不在場證明」變化爲「此時此刻」。對我來說，這樣的「此時此刻」是太快了些，或者該說是太晚了點：夢境拖行太久，而我尙未準備承受這些夢。我首先要面對的事實是：與外國抗爭的戰爭逆轉，昔日面目模糊的叛賊變成今日的英雄與領袖。此時，在承平時刻，鼓舞所有人際關係的新進能量頗具熱力，熱力滲進公共生活的所有機制；突然間，遙遠的文學城堡也開啓大門，彷若鄰近友善的避難所，張燈結綵迎接鄉下來的年輕人。一股愛的電流通過空氣，點亮女孩的眼睛——戰爭與和平將這些女孩保留給我們，讓我們得以接近——女孩這時果眞成爲我們的同年友伴，我們的彼此瞭解就是和平初期的新賀禮。復興的義大利，夜晚暖和，充溢了話語和笑聲。

雖然四下都是召喚人心的大好機會，我卻沒有辦法成爲我在試驗前夕所夢想的角色：我是游擊隊的最後一人；我是個猶疑、不滿、笨拙的情人；文學並不是隨興、超然的技法，而更像一條讓我無法啓程的道路。我心中充滿年輕人的慾望和緊張，卻喪失年輕人的瀟洒自若。時代突然成熟了，然而我自己的不成熟卻也益加明顯。

所以我的小說主人翁富有象徵色彩，具備走回頭路的意象：主人翁是個孩子。賓的目光充滿稚氣與妒意；在他眼中，「武器」與「女人」都是遙不可及、無法理解的。在惡鬼幢幢的世界，我的哲學著意擢升，我的詩學企圖轉化，然而我的濫情卻增添了地獄般的絕望色彩。

寫作時，我將小說事件置於寫作風格之上。我最喜歡的義大利話，就是「只要在家裡就不說正統義大利話」那種人的語言。我在寫作的時候，努力將自己想像爲自學的寫作者；這種寫作者如何書寫，我就照辦。

《蛛巢小徑》就是從這種完全缺乏特性的情境中產出，一方面帶給我幾至折磨的苦痛，另一方面又提供我想像吹噓的空間。如果時至今日我還能在書中找出任何價值，大概就是以下這種小說人物的形象吧：這種小說人物的生命能量仍然曖昧，既具有「少不更事」的困窘，同時又陷於流浪者和社會邊緣人的窮絕。

*

我說，我們那時候的文學出自於窮困處境。不過，與其說我在討論一種意識型態的行動，不如說我想談談一種深化於吾等之輩的事物。

今天，寫作已是一種尋常的職業。小說是一種有「市場」、有「供」「需」的「商品」。小說被廣告促銷，可揚名立萬，有公式可循。義大利小說全部達到「一種不錯的平均水準」，置於這個易於滿足的社會中，算是浮妄的商品之一。若要在此時此刻懷想當年文學精神，就很困難了——那時候，我們還試圖開創新的小說體呢，並且完全倚賴親手打造。

我一直提及複數的「我們」，不過我已經解釋過：我所說的意念是四分五裂的，而不是有志一同的；是從各個省分紛雜角落孕生出來的；並不具明確共通的理念，就算眞有共通理念，也是殘缺而暫時的。除此之外，這種理念可以說是一種傳播廣遠的潛能，在空中飄送。然後，隨即絕滅。

在一九五〇年代，文學景觀爲之大變，先是大師的變動：帕維瑟去世；維多利尼因爲反對立場而封筆；謨拉維亞[21]走入不同的文學脈絡，展現不同的文學意義（不再是存在主義，而變成自然主義）。義大利小說走上一條哀惋的、中庸的、社會學的路途。我們終於都為自己挖出一個個可以安身的孔穴，或多或少得以安適（或者該說，我們發現得以逃逸的路線）。

但，當時還是有人堅持那條原先的、碎裂的史詩之路。大致說來，這些人是比較孤立的，是留住氣力的局外人。其中最爲孤立的一位，成功寫出一部我們人人夢寐以求的小說——本來，我們對這種小說已不再抱持期盼了。費諾里奧[22]就寫出這樣的小說，《戰士強尼》（*Il partigiano Johnny*），可惜未能完成。他在四十幾歲的時候去世，死後此書才得以出版。

*

這是我的第一部長篇小說，幾乎可說是我的第一份寫作成品。如今，我該如何談論它呢？我會這麼說：最好避免寫下自己的第一本書。

只要一個人還沒有寫出第一本書，就擁有自由——這份自由，寫作者畢生只能享用一次。在寫作者其實還沒有被別人定義的時候，第一本書早就定義了寫作者。而這種定義，是寫作者可能終其一生都要背負的——面對這份定義，寫作者可能會試圖加以肯定，或加以延伸，或加以修正，或加以否認……但，寫作者永遠沒辦法消滅這個定義本身。

此外：對年紀尚輕就投入寫作的人來說，在一次「有好多事想說」（在這裡、在許多其他領域，指的都是戰爭）的經驗之後，第一本書立刻成爲寫作者和經驗之間的分隔板。第一本書將寫作者和事件接合。第一本書會耗盡記憶的資產。記憶其實是可以變成資產的——如果寫作者有耐心保存記憶的話，如果寫作者不急於使用記憶、揮霍記憶的話，如果寫作者不替儲存起來的意象強設一種專斷秩序……然而，寫作者卻強行區隔兩種記憶，一邊是自己私愛的題裁，另一邊則是自己太在乎或太不在乎的材料，並將前者視爲盛裝文學情緒的容器，而且認定後者是不配描述的無物——也就是說，寫作者恃才傲物，建立起另一種扭曲變形的記憶，卻將輪廓模糊的既有記憶加以捨棄，也就此丟去重拾記憶的無窮可能……寫作者在寫作時，對自己的記憶施加了太多暴力——記憶再也無法回復原形了：寫作者將自己偏愛的意象使用殆盡，將這些意象過早送進文學課題；寫作者是另有一些想要私存的意象，私自盤算將這些意象留在以後的文學創作之中使用，孰料這些儲藏的意象也會凋萎，全因爲它們和記憶力的自然整體割離了，再也不是生猛、流動記憶力的一部份。事物一旦投射進入文學的空間，從此就在文學裡永遠僵止固定了；文學空間這下也佔據了記憶的領域。本來草木得以在記憶的國度裡互相滋養，然而文學空間卻讓記憶的植被爲之褪色粉碎。記憶——或者該說是經驗吧。所謂經驗，就是記憶再加上記憶在人身上留下的傷痛，並且再加上記憶在人身上造成的改變，經驗因而讓人異於既往。經驗，先是文學作品的滋養物（卻不只是滋養了文學作品而已），又是寫作者的眞正財富（也不只是寫作者自己的財富），而當經驗被形塑爲文學作品之後，就衰頽了，以至於亡滅。於是，寫作者又淪爲人群中最可悲的一種人。

我回首張看，望向那個乍看盈滿意象與意義的時節：那場游擊戰；可抵過好幾年時光的那幾個月；我甚至可以從那幾個月的經歷中萃取出臉孔、警示、風景、思緒、情節、字詞、情緒，甚至一輩子都萃取不盡。可是這一切都已經模糊遼遠，只剩書寫文字的紙頁。紙頁上寫著寡廉鮮恥的自信心，但我很清楚這份自信純屬僞騙。寫妥的紙頁已和記憶起了衝突——這份記憶在當年仍是鮮活存在的，踏實的，看來穩定持久的，是一種「經驗」——但這些紙頁對我而言已經沒有意義。我在書寫過程中毀壞了太多，就算一本寫成的書也無法彌補我：如果將那段經驗珍藏一生，或許我就可以加以利用，寫成我的最後一本書吧。雖然，那段經驗只夠讓我寫出自己的第一本書而已。

一九六四年六月，伊塔羅．卡爾維諾

譯註：

❶〈作者自序〉和《蛛巢小徑》小說本文兩者的寫成時間相隔甚久。小說本文當初於一九四七年初版，而自序則寫於一九六四年。值得留意的是，市面上《蛛巢小徑》的版本不只一種，之間或有相當程度的差異。甚至連英文版的書名譯法均未統一，不同的英譯者對於內文也有不同的呈現。

❷昔日的口傳敘述者——如吟遊詩人之類——所說的故事並非敘述者自己發想，而採自長輩流傳的寓言或民間傳說。然而，作家的書寫大抵上應是個人的創作。「口語傳播的敘述者」和「執筆的作家」雖然都說故事，但照理來說兩種角色通常是大異其趣的。

❸即政治風氣，社會背景等等。

❹義大利的「寫實主義」（verismo）並不盡然等同英美文學的「寫實主義」（realism）。義大利的「寫實主義」盛行於十九世紀末以及二十世紀初，企圖客觀呈現（下層階級的）人間處境。「寫實主義」習採直接而未加文飾的語言，細節鮮明，對話寫實。

「新寫實主義」（neorealismo），義大利的文學、電影運動，於第二次世界大戰戰後興起，試圖寫實刻畫戰前事端以及戰時、戰後的社會問題。「新寫實主義」大致上和先前的義大利「寫實主義」近似——事實上「新寫實主義」就是「寫實主義」的延伸；不過，法西斯迫害以及大戰傷痕等等經驗爲

「新寫實主義」灌注了新的關懷。當時諸多一九三〇、四〇年代英美小說湧入義大利，這些作品的社會改革性格也在義大利文壇造成影響。

❺「自然主義」（naturalism）爲十九世紀末、二十世紀初的文學、美術運動，由自然科學（尤其是達爾文的研究）所啓發。在文學的領域裡，「自然主義」是「寫實主義」傳統的延伸，追求更忠實客觀的寫實呈現，最好可以呈現「生活的橫切片」。但「自然主義」又和「寫實主義」不同：「自然主義」強調科學決定論，著重於文學角色的環境、生理面，而非角色的內裡、心理面。後來「自然主義」作者遭受批評，因爲他們的作品仍然含蘊偏見，根本不如他們聲明的那般客觀眞實。

就時間脈絡來看，應是較晚的「自然主義」向較早的「寫實主義」求異，而非「寫實主義」重審「自然主義」。不過卡爾維諾文中「我們的『寫實主義』」並不是原先的「寫實主義」，而應是修正版本的「新寫實主義」——從上下文看來，義大利「新寫實主義」的重點與其說是忠實客觀，不如說是熱血激情，和「自然主義」有所不同。

❻威爾加（Giovanni Verga, 1840–1922），小說家、劇作家，義大利寫實主義的代表人物。他影響了第二次世界大戰之後的義大利作家，他的小說也被改拍爲著名的新寫實主義電影《大地動搖》（*Terra trema*，導演爲威斯康提〔Luchino Visconti〕）。

❼維多里尼（Elio Vittorini，1908–1966），小說家、翻譯家，小說作品以義大利新寫實主義風格著稱。

❽帕維瑟（Cesare Pavese，1908–1950），義大利詩人、批評家、小說家、翻譯家。他和維多里尼一樣，將許多現代英美文學引介至義大利。

❾蒙塔列（Eugenio Montale，1896–1981），義大利詩人、散文名家，於一九七五年獲諾貝爾文學獎。

❿表現主義（Expressionism）的重點並不在於客觀現實，而在於藝術家的主觀情緒。表現主義出於對物質主義、中產階級優勢、都市化、家庭主義等等保守傾向的反抗，於第一次世界大戰時與戰後的德國勃興。表現主義在美術和電影的表現尤其可觀。後來遭納粹壓制。

⓫《人與非人》（*Uomini e no*，1945），爲維多里尼在抗戰時期的個人經驗描述。

⓬義大利原本並未一統，小國各自爲政，直到十九世紀才擺脫外力控制，建立起統一的義大利王國，而「復興運動」（Risorgimento）在統一過程中扮演了重要角色。「復興運動」著眼於意識型態與文藝，企圖喚起義大利民眾的國家意識。

⓭根據馬克斯的說法，「下層無產階級」（Lumpenproletariat）是勞力階級中最爲低下的一個層

級，也包括游民、罪犯之類的邊緣人。「下層無產階級」並不等於「無產階級」（proletariat）；後者是指投入工業生產者，不一定貧窮，也未必微賤。

⑭卡爾維諾在此提出美術中的「明暗對照法」（chiaroscuro），卻不見得是在談美術。他所指的雲朵，應是譬喻他在小說中布置的氛圍，場景等等。

⑮「浪徒故事」（picaresque tale），以主角流浪過程爲主題的小說。例如塞萬提斯的《唐吉訶德》，馬克吐溫的《頑童歷險記》等等。

⑯《戰地鐘聲》（*For Whom the Bell Tolls*）爲海明威於一九四〇年出版的小說，故事場景設於一九三七年的西班牙。帕布羅爲書中一位西班牙游擊隊領袖，而碧拉是帕布羅的勇敢妻子。

⑰巴勃（Isaak Emmanuilovich Babel, 1894–1941），前帝俄時期的烏克蘭（後屬蘇聯）短篇小說家，以戰爭題裁以及奧德薩（俄國著名港口）的故事聞名。

⑱史蒂文生（Robert Louis Stevenson, 1850–1894），蘇格蘭的散文家、詩人、小說家，以小說《金銀島》（*Treasure Island*）以及《變身博士》（*Strange Case of Dr. Jekyll and Mr. Hyde*）著稱。

⑲加里波第（1807–1882），義大利民族英雄，帶領著名的「紅衫軍」游擊隊協助義大利統一。值

得留意的是，加里波第爲十九世紀人，和卡爾維諾屬於不同時代。卡爾維諾自稱曾爲加里波第子弟兵，應是參加後人爲紀念加里波第精神而另外成立的游擊隊。

⓴金芝柏（Natalia Ginzburg，1916–1991），義大利作家，作品常冷靜探討家庭關係。

㉑謨拉維亞（Alberto Moravia，1907–1990），義大利小說家，以人際疏離等主題著稱。

㉒費諾里奧（Beppe Fenoglio，1922–1963），義大利作家。

蛛巢小徑

Il sentiero dei nidi di rag

伊塔羅・卡爾維諾◎著

紀大偉◎譯

第一章

里古利亞海岸的老城，是在穆爾人海盜來犯的時代建立的。前人建城，是爲了抵抗海盜侵擾。這些老城就像松果一樣叢集鄰近。城裡又深又窄的巷子叫做「卡路吉」（carrugi），由一個個撐起屋頂的拱門、暗黑的圓拱迴廊相接而成，鵝卵石鋪成的台階一路通往遠方的低處。

在一九四四年尾聲的老城生活，就像回返了穆爾人侵擾的年代：宵禁之後，只餘武裝的巡邏隊在巷弄間繞行；街燈透出虛微閃滅的火光；牆外堆放了砂袋；當海面出現船隻，民眾就躲進地下室。陽光必須直瀉而下，才能照得到巷子深處。陽光輕觸冰冷的牆，跌入零散的窗口，灑在窗檯上炒鍋裡的幾絡羅勒和墨角蘭上頭，落在懸於屋外晾晒的內衣褲上。

長巷，是城裡最爲惡名昭彰的一條「卡路吉」。在長巷裡，第一個探頭出來的傢伙是賓。賓是修鞋匠的學徒。賓嚷著，唱起一首歌，然後，每扇窗口都湧出叫喚與咒罵，和賓的嗓音湊成大合唱。對巷子來說，又是新的一日開始。

「賓！已經幾點啦，我們的日子糟透了！唱首你的曲子給我們聽吧，賓！賓，你這個小混蛋，他對你幹了些什麼？賓，你這張小猴臉！你的喉嚨爛掉算了！你和你的偷雞賊師父呀！你和你姐姐的那張床墊呀！」

這時，賓站在巷子中央，雙手插在尺碼過大的夾克口袋裡。他笑也不笑，抬頭逐一凝望窗口裡的臉：「嘿，謝勒斯第諾，你最好閉嘴，你還穿著漂亮新衣呀。他們還沒有抓到是誰偷了碼頭的貨，不是嗎？哈囉，卡羅琳娜，妳上次可眞走運哪。是喔。妳老公上次沒有檢查妳在床下藏了誰，眞走運！」

賓的嗓音粗啞，彷彿出自年歲大他許多的男孩。他以深沉嚴肅的音調喊出他的嘲弄，之後又突然放聲大笑，音調變得像口哨一樣又高又尖。紅色黑色的雀斑聚集在他的眼睛周圍，像是一群黃蜂似的。

如果要侮辱賓，勢必要冒險。他知曉整條巷子裡的內幕消息，誰都不知道賓會說出什麼樣的話出來。從早到晚，他就在一扇扇窗口下閒蕩，高聲唱著叫著；然而，在皮耶卓馬果的店裡，等待修補的鞋子堆積成山，幾乎要淹過修鞋匠的板凳、湧入街上。

「賓，你這隻小猴子！你這小鬼！」一名婦女對賓喊道，「你快去幫我的拖鞋換鞋底，不要成天站在那兒惹人厭！我的拖鞋已經在店裡堆了一個月啦！等到你的師父出獄之後，我一定會向他告狀！」

皮耶卓馬果有大半輩子都在牢裡度過。他生來就沒好命；每當城裡出了竊盜案，最後被關進牢裡的人都會是他。他出獄之後，發現他的鞋店裡空無一人，等待修補的鞋子卻滿坑滿谷。他便在修鞋匠的板凳坐下，拾起一隻鞋，翻過來看了看，再把鞋子丟回鞋堆，皮包骨的雙手罩住未修鬍髮的臉，咒罵起來。這時不知情的賓正巧吹著口哨走進店裡，突然撞見皮耶卓馬果，看見他一臉黑色短鬍酷似狗毛、眼角堆積黃垢、兩手高舉。賓尖叫起來，不過皮耶卓馬果已經將賓捉住，不放他走。皮耶卓馬果已經再也沒有力氣責打賓，就把賓留在店裡，自己走向酒館。那天之後，再也沒人見過他。

每隔一天，就會有一名德國水手夜訪賓的姐姐。每一回這男人踏進巷子，賓就會等著向他討一根香煙。起初水手很慷慨，有時還一口氣賞給賓三、四根煙。賓若要捉弄這德國人倒也不難，反正他聽不懂賓說出來的話，只能盯著他。德國人的臉孔醜惡，面容僵硬，太陽穴旁的毛髮剃得很乾淨。只要德國水手一轉身背向賓、賓確定對方不會回頭的時候，賓就會在水手背後罵髒話。水手的背影看起來很可笑：兩條黑色絲帶從他的小帽懸垂下來，越過他的短衫，垂到他的屁股。德國水手的屁股肥大，像女人的屁股一樣，一把德國手槍在上頭晃來晃去。

「小淫媒……小淫媒……」居民往窗口下方的賓喊道，但並沒有喊得太大聲，畢竟他們不知道德國人會作如是想。

「你們全是烏龜……烏龜……」賓反唇相譏，模仿居民的音調，同時吞嚥香煙的煙。煙通過他柔弱的喉嚨時，他覺得刺激難受，卻不知爲何還是非吞嚥下去不可，結果嗆出滿眼淚水、猛烈咳嗽。接著，他嘴裡仍然叼著煙，逕往酒館走去，並且嚷道：「我向上帝發誓，不管是誰請我喝杯酒，我都可以說出他想聽的話。」

坐在酒館裡的男人還是同一批，日復一日、年復一年，他們整天待在酒館。他們的手肘按在桌面上，手托下巴，凝視黏蠅紙上頭的蒼蠅以及他們酒杯底部的紫紅殘液。

「怎麼啦？」法國佬米榭問道，「你姐姐降價賣身啊？」

其他的男人都笑了，將拳頭敲在鋅板桌面上：「賓啊，這就是你應該得到的答案！」

賓站在原處，眼神穿越覆蓋他額頭上的雜亂髮絲，從上到下掃視這批男子。

「老天，就和我想的一樣。看看這傢伙，他只念著我姐。我告訴你們，這傢伙拚命想念我姐。他談戀愛啦！跟我姐談戀愛哩，老天保佑喔……」

其他的男子暴笑如雷，拍了拍賓的背，並且倒給他一杯酒。賓並不喜歡酒——酒對他的喉嚨太刺激，他喝了酒就會冒出雞皮疙瘩，而且他會一直又笑又叫又鬧事。但他還是將酒喝下，一口氣灌下一杯酒。這種喝酒的感覺，讓他想起自己吞嚥香煙的煙，也讓他想起自己作嘔發抖、旁觀姐姐和男人一起躺在床上的景觀，宛若一隻粗手在他身上撫弄的感受。男人享受的各種感官刺激一概暴烈：煙，酒，女人。

「唱歌啊，賓，」男人們說。賓便開始歌唱，很嚴肅，很緊張，他的嗓音粗啞卻不脫稚氣。他唱了一首叫做「四季」的歌。

每當我想起未來
以及我所喪失的自由
我就想要吻她，而且就此死去
她睡著了……所以她絕不知情。

男人們坐著沉默聆聽，目光朝下，聆聽聖歌似的。他們都進過監獄；對他們來說，只有坐過牢的男人才是眞正的男子漢。在獄中，老鳥的歌曲無比憂鬱，足以滲入囚犯的骨頭；夜裡，當獄卒一面以鐵棍敲打柵欄一面走過牢房的時候，牢房裡的爭吵和咒罵都漸次消退，只餘歌聲。而這時，賓就唱著那首獄中之歌。沒有人阻撓他唱。

夜裡我喜歡聽見
哨兵的叫喊
我喜歡看見挪移的月亮
點亮我的牢房

但是賓從來沒有進過眞正的監獄；以前有人想把賓送進少年感化院，但賓逃開了。他經常在水果市場的攤位惹出麻煩，城裡警衛總要捉拿他，但他總是幾近瘋狂地號叫哭泣，害得警衛終究只能放開他。不過賓曾經被警衛拘留一兩次，所以他曉得坐牢的感覺——也因此，他才能將獄中之歌唱得這麼好，眞情盡在其中。

賓會唱很多老歌，這些歌曲都是酒館裡的男人教給他的。這些歌曲以暴力血腥作為主題，比如

「Torna Caserio」以及一首關於士兵貝比諾殺死中尉的歌曲。當這些男人感覺悲傷、凝視杯底殘酒的時候，賓就在煙霧迷漫的酒館裡悠忽旋舞，高聲唱道：

我便摸了她的髮——

而她說，別摸這兒……

男人們開始拍起桌子，咻聲叫嚷，打著節拍，而侍女們在旁連忙收拾酒杯。酒館裡的女子，像名叫柏莎麗拉的這一位，都是喝得滿臉通紅的老酒鬼，身體搖過來晃過去，好似跟隨舞曲的韻律。賓的腦袋充血，奮力咬牙，似乎要將自己的整條靈魂灌入歌曲之中，尖聲高歌：

我便摸了她耳朵——

而她說，噢親愛的……

酒館裡所有的人都爲扭腰起舞的老柏莎麗拉打拍子，形成大合唱：「親愛的如果你要我……」

當天德國水手來到巷子的時候，脾氣很差。他的故鄉，漢堡市，夜夜都遭炮彈轟炸；他天天等候來自妻小的消息。他的本性溫和，具備來自北海的男人身體卻同時擁有南方個性。他在自己的家裡生養了一窩孩子，然而戰火逼他遠走異鄉。他爲了鎮服心中窒人的慾望，就只好與佔領區的娼妓爲伍。「我沒煙可給。」賓走向德國水手，以德語對他說了聲「日安」，而德國佬卻這麼不識相。賓開始皺眉。

「嘿，老兄，你今天有一點兒想家，是喔？」賓說。

這下換成德國水手向賓皺眉了；他聽不懂。

「你是不是正好要去找我姐啊？」

於是德國人說，「你姐不在家？」

「什麼，你不知道嗎？」賓的表情好羞怯，簡直像是在修道院長大的孩子。「你不知道她已經被送進醫院啦？好可憐哪！眞不幸，這種病，幸好現在只要花時間就可以治療了。當然囉，她得這種病已經有一段時間了……想想她在醫院的模樣吧，好可憐喔！」

德國人的臉孔看起來好像凝結的牛乳。「醫——院？生——病？」他結巴起來，直冒汗。這時，在一樓上方的窗口探出一名年輕女子的腦袋和肩膀；女人一張馬臉，黑髮鬈曲。

「別理他，弗力克，別理這小壞蛋。」女子尖叫道，「猴子臉！我要叫你付出代價！你差點毀了我！快上來呀，弗力克，別去理他呀，他只是在開玩笑啦，叫他去死！」

賓對女子吐舌頭。「同志，我把你嚇出一身冷汗囉，」他對德國人說罷，就溜進一旁小巷裡去了。

有時候，賓使弄過這一類的惡意玩笑，便覺得嘴裡發苦。他一個人在巷子裡漫遊，每個見到他的人都要咒罵他，推擠他。他眞想和一群年輕伙伴遠走高飛——那麼他就可以告訴這些伙伴蜘蛛築巢的所在，賓可以和他們在河床上的竹林裡打鬧。可惜，和賓同年齡的男孩子都不喜歡賓；賓的朋友都是大人。賓這孩子，懂得怎樣和大人說話，讓大人們大笑或生氣；其他的男孩子卻連大人之間說的話都聽不懂。有時候賓好想請求那些同年紀的男孩准他和他們一起玩，請求他們教他走那條可以從底下穿過市場廣場的地下通道。不過其他的男孩卻不理會他；有時候他們甚至追打賓——賓的雙臂細瘦，根本是男孩之間最爲弱小的一個。男孩們不時追問賓關於男女之間的情事，而賓卻取笑這些無知的男孩，嗓音之大足以通透整條巷子——男孩的母親們便把孩子喚回家，「柯斯坦索！喬可米諾！我跟你們說過幾遍了？不要和那個髒小子打交道！」

母親們說得很對。賓的言論內容不外乎是男女床第或殺人入獄之類，都是從大人那裡聽來的故事，是大人之間談論的寓言——其他的男孩心想，如果可以聽一些這種故事也不錯，只要賓不要往他們身上丟撒他們聽不懂的獰笑和言詞就好了。

所以賓只好再一次在大人的世界裡尋求立足之地。但，大人也不大理會賓，賓其實和其他小男孩一樣無法理解親近這些大人。幸好大人比較容易取悅，賓很清楚他們愛女人、怕警察——不過，大人們終究還是會厭倦賓，咒罵賓。

這會賓又要走回紫煙繚繞的酒館了：又要對酒館裡的男人們說出淫語髒話，然後這些男人就會陷入狂亂、彼此攻擊；接著，賓又會使盡力氣唱出傷感的歌曲，最後在場的大人都會爲之落淚，賓自己也會哭泣；最後，賓還要說點新笑話、扮點俏鬼臉，直到他自己笑得無法自制爲止。賓做出這一切，都是爲了驅散孤獨的感覺——每逢這樣的夜，他的心就陷入好濃的孤獨裡。

可是，這一次在賓走進酒館的時候，他卻發現那些男人都背向他，形成一堵穿不透的牆；在那批男人之中有一名新成員，是個面貌嚴肅的削瘦男子。當賓走進酒館時，男人們先是對賓皺眉，然後又對這陌生男子皺眉，然後說了一些話。賓察覺氣氛有些異樣；越是如此，他越要走近這群大人——他雙手插在口袋裡，嚷道：「老天，你們眞該看看那個德國佬的表情！」

男人們卻沒有發出以往有說有笑的反應，反而一個個將頭慢慢轉開。法國佬米榭先是皺眉盯著賓看，彷彿從來未曾見過賓，然後才緩緩說道，「你是個齷齪的小淫媒。」
賓臉上的雀斑像是黃蜂一樣聚在眼睛旁邊。他眼睛瞇了起來，平靜問道，「你憑什麼這樣說？」
長頸鹿輕輕將脖子扭向賓，說道，「你滾吧！我們不想看到任何和德國人打交道的痞子。」
「你和你姐都和德國人接觸，」司機吉安說，「你們總會變成法西斯首要分子。」
賓試圖使出一種好說辭——每回遇到大人捉弄，他便如此。
「你們大概可以告訴我究竟是怎麼回事吧，」他說，「我和法西斯分子根本沒有任何關係，甚至『巴利拉』也沒和我來往。而我姐呢，她喜歡和誰在一起就和誰在一起，又不會害到任何人。」（譯註：巴利拉〔Balilla〕，少年法西斯組織，專供年輕人參加，爲法西斯成人組織的預備軍）
米榭搔了搔臉，「在這年頭，什麼都會改變——你懂我的意思吧——這年頭什麼都會變，所以我們要把你姐抓起來，把她的頭髮剃得像拔毛的雞一樣乾淨，然後再讓她遊街示眾……至於你呢……至於你，我們會想出一個你作夢也想不到的法子，好來治治你。」
賓盡力撐出毫不在乎的神情，但他顯然很受折磨。他咬了咬嘴唇。「等到哪一天你們頭腦開了竅，」賓說，「我就會跟你們把事情解釋清楚。首先，我和我姐是各走各的路，互不相干；如果你們想當她的皮條客，就去當吧。其次，我姐並不是因爲喜歡德國人才和德國人打交道；要知道，我姐像紅十字會一樣，也是國際名牌——她現在和德國人搞，以後她也可以和別國人上，不管是英國人、黑人、各種碰巧撞上的人……」（這些話都是賓從大人那邊學來的，說不定現在聽他說話的大人就是當時說出這些話的人。賓又何必向這些大人多做解釋呢？）「再說，我從那個德國佬身上得到的唯一好處，也只是香煙；拿了他的香煙之後，我還對德國佬耍鬼計，像我今天也耍了他一頓。你們把我惹火了，我才不要告訴你們我捉弄德國佬的花招。」

但賓的努力卻未能改善他的困境。司機吉安說，「鬼計！我待過克羅埃西亞，那裡有個要命的德國佬，成天想要去村子裡找女人玩，結果後來再也沒有人看過他了，德國佬就連屍體也沒有留下。」

米榭則說，「總有一天，會有人在壕溝撿到屍體，就是你說的那個德國人。」

賓初次見到的陌生男子一直都沉默無語，笑也不笑，也沒有顯露任何表示贊同的表情。這時，他卻輕拉米榭的袖子，「這是你絕對不該說的。記住我和你說過的話。」其他的人則沉靜頷首，盯著賓瞧。他們想要對他怎樣？

「說吧，」米榭朗聲說道，「你有沒有見過那個水手的手槍啊？」

「有啊，一把要死的大手槍。」賓答道。

「很好，」米榭說，「你必須偷來那把槍。」

「我怎麼辦得到啊？」賓驚呼。

「試試看吧。」

「怎麼行？德國佬總是佩戴手槍，把槍夾在屁股後面。要偷槍，你自己去好了。」

「嗯，我們想想看……那德國佬總有脫掉褲子的時候吧？那時，手槍一定不會留在他身上，當然囉。去偷吧，試試看。」

「如果我想幹，我才要幹。」

「你聽好，」長頸鹿說，「我們不是在這裡開玩笑。如果你想要成爲我們這裡的一分子，就該知道你的任務。不然……」

「不然？」

「不然……你知道什麼是GAP吧？」（原註：GAP，Gruppo Azione Patrioti，爲義大利游擊隊的最小單位，通常位於市鎮）

陌生男子輕撞了長頸鹿一下，搖搖頭；他似乎不很喜歡其他男子的行事方式。

對賓來說，陌生的詞彙總是具有神祕的光環，具有黑暗、禁忌的意味。GAP？GAP會是什麼呢？

「是啊，我當然知道什麼是ＧＡＰ，」賓答道。

「那是什麼？」長頸鹿問。

「ＧＡＰ就是收容你們這些要死鬼的地方，你們和家人都待在那裡，」賓答道。

不過，大人們並不理賓說的話。陌生男子向大人們打了個手勢，要他們將腦袋湊近，然後對他們耳語了幾句——他似乎爲了什麼理由斥責他們，而他們也露出同意的表情。

賓卻被排除在外。他可以不吭一聲偷偷溜走；或許這才是上策吧，他想，再也別提手槍的事了——或許這一點也不重要，或許大人們都忘了關於槍的事。

但是賓才走到門口，米榭便抬頭說道，「賓，我們已經決定派你去辦事了。」

賓本來還想扮小丑敷衍過去，但他終究發現自己是個被大人包圍的孩子，站直不得動彈，手還按在門框上。

「如果你不照辦，就別想在這裡出現。」米榭說。

賓走出酒館，人在巷子裡。夜色已濃，一扇扇窗口都點燈了。在順河而下的遠方，青蛙開始鳴叫；每逢一年的這個季節，男孩們會在向晚時分逗留池塘，企圖抓青蛙。他們抓了青蛙之後，就可以親手感受青蛙又黏又滑的質地，像是光滑赤裸的女體。

有個戴眼鏡、穿長褲的小男孩走過：是巴第斯第諾。

「巴第斯第諾，你知不知道什麼是GAP？」

巴第斯第諾好奇眨眨眼，「不知道呀，你告訴我。那是什麼？」

賓狂笑道，「你回家問你媽吧，問她什麼是GAP。你去跟她說，『媽咪，給我一個GAP好不好？』去對她說。等著吧，她會解釋給你聽！」

巴第斯第亞諾悻悻然離去。

賓在巷子裡遊蕩。巷子裡幾乎全黑了。成年男人世界裡的談話裡，全是暴力和裸體——賓置身其中，覺得孤獨失落。

第二章

從賓所在的位置望過去，他姐姐的房間看起來遍布灰塵。他可以看見一條垂直縫隙裡的事物，裡頭塞滿用品，模糊的暗影圍繞；只要賓再靠近或拉遠他和縫隙之間的距離，他所見的事物就會改觀。這就像是隔著女人的褲襪觀看事物，就連氣味都是一樣的：他姐姐的體味從木頭隔板的另一頭傳來，體味的源頭或許是那堆弄縐的衣物，那張從來不曾整理過的床，以及拋至一旁不曾晾晒的床單。

賓的姐姐自從童年開始，就一直對家務事漫不經心。當賓還是個嬰孩的時候，他常在姐姐的懷裡大聲嚎哭；可是姐姐卻將滿頭膿瘡的賓留在洗衣間外的架子上，自行溜去和野孩子在石板道上玩跳格子遊戲。有時候，賓的爸爸會乘船回家；賓關於爸爸的唯一記憶是，自己被拋在空中，落進爸爸粗大光坦的胳臂裡，他強健的胳臂布滿黑色靜脈。可是，在媽媽去世之後，爸爸就越來越不常回家了，後來姐弟兩人再也沒有見過他。大家說，爸爸在海那頭的另一座城市裡建立了另一個家。

現在賓住在一個房間的角落，是木頭隔板旁的狗窩，以一條又高又細的牆上窄縫作為窗戶；這窗戶是斜斜鑿開舊屋厚牆而形成的。姐姐的地盤在他的狗窩旁邊，以隔板分開；陽光穿透木頭隔板的縫隙，一道道打向賓這邊。賓總是努力瞇眼，想要透過隔板縫隙看清房間裡頭發生了什麼好事。從賓小時候開始，他就不厭其煩研究這些縫隙，而他已經把自己的眼睛訓練成像針頭一樣尖利。他曉得木頭隔間之內發生的各種好事，雖然他並不能理解那些好事究竟為何。在好戲最後，賓往往只得蜷縮在自己的小小床位上，兩臂抱胸，任由小室裡的陰影幻化成為怪夢，夢裡肉體競逐、毆打、擁抱，最末會有一種龐然狂熱而不可知的事物發生，足以讓賓癱瘓，卻又讓他感覺撫慰溫暖；這不可解的夢似乎解釋了一切，像是某種已經遺忘的快樂所殘留下來的微淡遠渺記憶。

德國佬這時正在房裡踱步，身著汗衫，兩臂像是大腿一樣粉紅多肉，有時他會走近隔板的裂口前。有時賓也可以透過細縫看見姐姐的腿；她將腿舉在半空中蠕動，然後又鑽進被單裡。這時，賓使勁窺視，想要找出德國佬將皮帶擱到哪兒去了——手槍就在皮帶上。啊，就在那兒，皮帶掛在椅背上！賓真希望他的手臂就像隔板的縫隙一樣細小，如此一來他就可以伸手穿過隔板，直抵手槍，然後將獵物奪來。這時德國佬大抵赤裸，只著汗衫；他笑著；他只要一裸身就會笑，他天性害羞，像女孩一樣。德國佬跳上床，將燈熄去。賓知道，在一段黑暗寧靜之後，他們的床就要發出嘰嘎嘰嘎的聲響了。

時候到了。賓必須光腳走進姐姐的房間，兩手貼在地板上，他要抽走椅背上的皮帶，而且絕不可以發出任何聲響。這一切，並不只是一場讓人事後嘻笑怒罵的遊戲；不，正如酒館裡的男人露出眼白曖昧說道，這回行動可是祕密喔，奧妙極了呢。是啊，賓要永遠和大人當朋友，因爲他們總會和賓一起說笑，和賓一起分享祕密。賓喜歡成年人，他喜歡嘲弄他們——那些強壯笨拙的成年人啊，他們的祕密全給賓知道了。賓甚至也喜歡德國佬。而這時，他竟然正在幹一樁不可饒恕的勾當；之後，或許他就再也不能和德國佬說說笑笑了。之後，賓和酒館男人的關係也將會不一樣；他們和賓在笑話淫語之外還將分享新的關係，而且將會以神祕而憂鬱的表情看著他，將會以低沉的音調問他一些怪事。賓想要四肢大張躺在他的小床上，眼睛大張地胡思亂想，聆聽德國佬和姐姐在隔板那一端的動靜，並且想像自己和幫派少年之間的關係——他希望自己可以成爲少年之中的老大哥，因爲他比那批孩子來得懂事許多，如此一來他們就可以一起征討那些成年人，將大人毆打一頓，幹些美妙的作爲，這樣一來那些大人也會開始崇拜賓了，而且大人也將會請求賓擔任大人的老大哥，一方面愛戴他、一方面又摸摸他的頭……不過，現在言之過早。賓這時必須在夜間行動，與那些憎恨他的大人們配合，並且從德國佬那邊偷來一把手槍——這些事，其他少年是沒有幹過的；那些孩子只懂得使弄玩具槍和木劍。如果賓在次日和他們碰頭的時候，慢慢將一把眞槍展現在他們眼前，他們將會有什麼反應？這把槍閃閃發亮，危險逼人，看起來就像要自動射出子彈哩。說不定他們都會嚇壞吧；賓要將這玩意藏在夾克裡，恐怕也會把自己嚇死。賓想，他只要手持一把可以吐出整排紅色彈頭的玩具手槍，就可以好好驚嚇大人一頓，讓他們就地昏倒，向賓求饒。

實際上，這時候賓正匐匍前進，爬向姐姐的房間，光著腳板，他的腦袋已經鑽過帷帳，男人和女人的氣味直直衝進他的鼻孔。他可以看見房間裡的家具暗影，床、椅子、三角架上的橢圓小澡盆。就在那兒。呻吟的對話已經在床上響起。賓四肢貼地爬行，小心翼翼，行動緩慢。可是呢，如果地板發出咯吱聲響的話，賓反而會感到開心哩——這麼一來，德國佬就會聽見地板聲響，猛然開燈，而賓也將只好光腳逃出屋外，讓姐姐在他身後咒罵：「小豬玀！」；賓反而會覺得放心吧——如果這檔事在街坊間傳開了，賓就可以將來龍去脈說給司機和法國佬聽，而他們就會信過賓，並且說道：「好吧。搞砸了。這檔事我們就別提了吧。」

地板的確發出咯吱咯吱的聲響，但房間裡同時嘎啦作響的物件甚多，德國佬並沒有聽見地板的聲音。賓已經摸索到皮帶了：這條皮帶原來非常厚實，一點也不虛幻；皮帶從椅背上頭滑下，輕而易舉得嚇死人，甚至沒有跌到地板上呢。現在，「事情」終於發生了；以往他只不過想像過的一回事，現在竟變成眞實的恐懼。他必須馬上將皮帶繞著手槍皮套捲緊，然後將這一團戰利品塞進他的汗衫裡，卻又要避免妨礙自己的手腳行動。之後，他又要四肢貼地原路爬回去，動作放慢，甚至不敢將咬在牙齒間的舌頭收回嘴裡——如果他將舌頭抽回，說不定就會有要命的壞事發生。

賓一爬出房間，他便警悟不可以返回自己的小床位，不可以將手槍藏在床墊下——這和他從水果市場偷來蘋果、將蘋果藏在床下的那檔事大大不同。再不久，德國佬就要從床上爬起，他將會發現手槍不見了，之後就會翻遍這塊地方。

賓走進巷子裡；這時候手槍已經不大讓他煩心了；藏在衣服裡的手槍就像任何一種小物件，賓不必惦記在心；賓反而惱怒自己竟然如此不以爲意，他反而希望心裡至少生起一陣哆嗦，好讓自己記得剛才犯下的壯舉。一把眞槍。一把眞槍。賓想要利用這個念頭來振奮自己。擁有眞槍的人就可以爲所欲爲，他像個大人一樣了。他可以威脅男男女女的性命，想要如何處置他們都可以。

這時賓想著，他將會抓著這把槍四處遊蕩，永遠將槍口瞄向他人；沒有人能夠從賓身上將槍奪走，每個人都會怕他。不過，這把捲纏在皮帶裡的槍仍然收在他的汗衫裡，賓一直不敢放膽去摸它；他甚至有點希望——自己在汗衫裡翻找手槍的時候，手槍已經因爲賓的體熱融化消失。

賓一直來到拱門下的隱蔽臺階，才敢亮出那把手槍來瞧瞧。這座拱門是孩子們玩捉迷藏的地方，只有一盞破燈的虛微光線提供照明。賓解開纏成一團的皮帶，打開手槍皮套，他將手槍抽出皮套的手勢簡直就像在拎一隻貓咪的頸子。這把槍果眞非常巨大駭人；如果賓有勇氣玩弄這把槍，他還可以將它當作加農炮來用。但他不敢對這把槍隨便，彷彿它是一顆炸彈似的。保險栓呢？手槍的保險栓在哪兒呀？

最後他終於咬牙抓緊槍托，不過他很小心，不讓手指頭靠近扳機；賓緊緊握著槍；儘管如此，他也可以想像自己靈活玩槍的模樣，想像自己要拿槍瞄向誰都可以。賓先是舉槍瞄向水溝，再瞄向金屬，然後瞄向自己的手指，再扮出一張可怕的鬼臉，將頭仰後，嘶聲說道：「你要錢還是要命？」他接著看到一隻舊鞋，便將槍瞄準它，先是對準鞋跟，然後再移向鞋裡；他將槍管推進鞋裡大腳趾的位置。眞有趣！一隻鞋，是何等尋常的一件東西，對他這名修鞋匠的學徒而言尤其平凡；一把槍，則是神祕幾至虛假的物品——將這兩樣並置在一起，賓卻像變了一場魔術一般，讓鞋子和手槍說出奇妙的故事。

但，賓突然間生出一種無法克制的念頭，想把槍口按在自己的太陽穴上；這個念頭讓他的腦袋飄忽了。他讓槍口進逼自己的頭殼，直到槍口貼在皮膚上爲止——他可以感覺鋼鐵的冰冷。如果他這時將手指頭放在扳機上，那會怎樣？不。還是將槍口抵在太陽穴上吧，直到覺得疼痛爲止，他要體會一圈鋼管貼在頭上的感受，鋼管中空的芯就是子彈飛出的地方啊。說不定當他猛力將槍管抽離太陽穴的時候，空氣的吸力就會讓槍走火——不，槍沒有走火。現在賓可以把槍管塞入自己的嘴，嚐嚐槍口貼在舌頭上的味道。之後就是最嚇人的試驗了：賓將槍口舉向眼睛，望向槍管裡頭，黑色的槍管像一口井一樣深。有一回，賓看見有個男孩以鳴號槍（譯註：即賽跑時，宣布起跑所用的槍）射傷自己的眼睛——那男孩被送進醫院；他的半邊臉盡是大片血跡，另半邊布滿了火藥的小黑點。

而賓這時卻在玩一把眞正的手槍。他已經玩夠了，可以將手槍交給那些嚷著要槍的酒館男人們；老實說，他眞想立刻將槍脫手。只要他手上沒槍，他就可以假裝自己從來沒有偷過它；德國佬想要生氣就隨他去，賓還是可以躲在德國佬背後笑他。

賓這時最強烈的衝動是——趕赴酒館，大聲叫嚷：「我拿到了！我拿到了！」酒館眾人一定興致盎然，滿面訝異吧。但賓轉念又想，如果換個說法就更俏皮了：「猜猜看，我帶來了什麼？」在說出驚喜之前，先讓他們等一下吧。不過他們一定會馬上聯想到手槍——所以，賓還是一開始就提及手槍罷，之後再說出十幾種版本的取槍經過，暗示事情搞砸了；直到大人們焦躁難安不知所措時，賓再把手槍擱在桌上說道，「看看我在口袋裡找到了什麼！」接著他就可以好好端詳大人臉上表情的變化。

賓沉靜走入酒館，躡手躡足；男人們仍舊圍坐在桌前聊天，他們的手肘簡直在桌板生了根。不過上回那位不知名的男子並沒有在酒館裡；他的位置空了。賓這時站在大人們的身後，而他們都沒有留意賓的存在；賓等著大人們猛然發現他，他們必然發出詢問的眼神。但，沒人轉頭。賓移開一張椅子。長頸鹿轉頭回看，皺眉盯著賓，之後繼續低聲談話。

「嗨，弟兄們，」賓叫道。

他們瞄他一眼。

「你這醜八怪。」長頸鹿口氣和善說道。

沒人再吭聲。

「嗯——」賓起了頭。

「嗯——」司機吉安說道，「有新消息嗎？」

賓開始覺得有些洩氣了。

「嗯——」法國佬米樹道，「不開心啊？賓，給咱們唱首曲吧。」

他們故意佯裝不感興趣的樣子——賓想道——其實，他們好想知道我幹下了什麼。

「你別擔心那回事啦，」長頸鹿朗道，「你擔心拿不到德國佬的手槍吧？我們上次同意叫你辦的那件事……」

賓的耳朵豎了起來。他就要說了，「猜猜看吧……」

「你的眼睛一旦瞄準了那把手槍，就不要放過它。」

大人這種反應，根本不是賓所預期的。大人這時候怎麼再也不在乎那把手槍了呢？賓開始幻想自己未曾偷過那把槍；他好希望可以回到德國佬背後，將手槍悄悄放回原處。

「只是一把手槍嘛，」米榭說，「不值得爲它冒險。反正那是舊型手槍：太笨重，容易卡住。」

「這時候，」長頸鹿說，「我們應該做出一些事來向委員會交代，這才重要。」於是他們繼續低聲討論。

賓聽不見他們在說些什麼。不過他確信自己是不會把手槍交給那些大人了——他的眼裡噙滿淚水，他的牙齒因爲憤怒而抽搐著。大人全是不可以信賴的叛徒，他們不像小孩那樣正經嚴肅、全心全意地玩遊戲；而大人自己的遊戲又太複雜混亂了，根本分不清有誰是認眞的。先前，這些大人們看起來是和那位不知名男子玩遊戲，一起對抗德國佬；這會兒，他們卻又玩了另一種把戲，對抗的對象變成那位不知名男子。大人說的話永遠信不得。

「嗯，唱點曲子給我們聽吧，唱啊，賓。」他們如此說道，彷彿無事發生過，彷彿賓和大人之間未曾有過任何確切的協定。那樁協定，不是有個神祕的字眼加以保證嗎——GAP。

「去死吧，」賓喊道。他的臉色蒼白，嘴唇發抖。他知道自己這時根本唱不了歌。他就要號啕大哭了——不過他沒有哭出來，反而尖聲叫嚷，尖利得足以擊破耳膜，最後並吐出一串詛咒：「狗養的！妓女生的！你們全是又髒又臭的母牛生的！」

人們盯著他看，不知道賓究竟怎麼了，而賓已經衝出酒館。

在酒館外頭，他心裡的第一個念頭是：去找那名男子吧，那位叫做「委員會」的傢伙，快把手槍交給他。此時，只有這名男子値得讓賓付出一點敬意——雖說這男子先前過度沉默嚴肅，本來不得賓的信任。但，這時候賓覺得只有這名男子才能夠理解他，才能夠讚揚他的所作所爲；或許「委員會」將會帶領賓前去攻打德國人呢：就他們兩人，以那把手槍爲武器，兩人躲在街角向外射擊。不過，有誰知道那名「委員會」這時到了哪裡去？賓沒辦法四下打聽，因爲以前也沒有人見過那名男子。

所以賓決意自行保管這把手槍，不打算交給別人，也不想告訴別人自己擁有一把槍。他只會向人暗示：他可以控制一種可怕的力量喔——這樣一來，大家都會服從他。擁有眞槍的人一定可以玩些美妙的遊戲，那是其他男孩一直玩不起的。但，賓是個不懂得如何玩遊戲的男孩——不管是兒童的還是成人的遊戲，全都沒有他的份。所以，賓要遠走高飛了，遠離任何人，只要獨自把玩他自己的手槍。他要玩一些沒有人懂，也沒有人可以學會的遊戲。

天色黑了。賓離開古舊的屋舍群落，踏上菜田與垃圾坑之間的小徑。在月光映照的土地上，農作物周圍的鐵絲網投射灰暗的網影。雞籠裡的母雞成排睡在棲木上。青蛙跳出水面，沿著整條激流的河道高聲合唱，從上游唱到下游去。如果賓朝向一隻青蛙開槍，將會有什麼結果？大概除了飛濺石頭上的青綠黏液之外，就一無所有罷。

賓沿著小徑胡亂走著。小徑隨著激流蜿蜒，經過無人農墾的石礫地帶。這些小徑，只有賓懂得走；而其他的孩子則愛聽小徑的故事。這裡，是蜘蛛築巢的地方。這個祕密只有賓知道。在這整個山谷裡，或許在這一帶，只有這裡有蜘蛛的窩。其他男孩都沒有聽過蜘蛛也會築巢，只有賓一個人知道。

說不定總有一天賓會找到自己的朋友，一個眞正的朋友，一個可以了解賓而且也可以被賓了解的朋友——那麼，賓就會展示蜘蛛巢穴的所在給他的朋友看，而且只給他看。蜘蛛的巢穴位於一條石子小徑上；小徑一路蜿蜒抵達激流，兩旁是雜草蔓生的土坡。那兒，在草叢裡，蜘蛛在鋪設乾草的通道裡築巢。有趣的是，這些蜘蛛的窩也設有小門。又小又圓的門也是以乾草製成，可開可關。

這時候，賓開過一些特別殘忍的玩笑，也捧腹大笑過了，沉重的悲傷感覺終於充滿他的胸膛。他沿著谷中小徑孤獨漫遊，想要找出蜘蛛築巢的地方。他手持一根細長的桿子，可以直接撥弄蜘蛛窩，甚至用來叉穿蜘蛛。那種蜘蛛又小又黑，身上長有灰色小斑，看起來就像是年老村婦夏日服裝的圖案。

爲了找樂子，賓搗毀蜘蛛窩的小門，以細枝將蜘蛛叉穿，他抓了些蚱蜢、注視馬臉一般的小巧蟲臉，然後將蟲子盡數切碎，接著再以蟲腳碎片在平滑石塊上排列奇怪圖案。

賓對動物很殘忍。對賓來說，動物就像大人一樣古怪恐怖，難以理解。成爲一隻昆蟲必然是件可怕的事啊：一身綠色，總要害怕賓之類的殘忍人類逼近——賓巨大的臉上長滿紅色黑色的雀斑，他的手指頭將要把蚱蜢扯成碎片。

賓這時一個人來到蜘蛛巢穴之前。夜色包圍住他，像青蛙的合唱一樣無窮無盡。賓孤單一人，不過他身上有把手槍；這時他將皮帶圍上身，皮帶上的手槍皮套在賓的屁股上頭晃盪，像德國佬的模樣；只不過德國佬的體型胖，掛在賓腰際的皮帶看起來卻像電影裡戰士的子彈帶。現在，他可以抽出手槍，以一種彷彿拔劍出鞘的偉大姿態叫道，「弟兄們，攻擊啊！」好似男孩們在玩扮海盜的遊戲。可是賓無法了解那些愚蠢傻瓜的所作所爲有何樂趣。賓在草地上跳了一圈，揮舞手槍，將槍口指向橄欖樹——之後，他卻覺得無聊之至，不曉得還可以拿這把槍玩什麼把戲。

此時，地下的蜘蛛群正忙著噬咬蒼蠅屍體，或公母成雙交配，或吐出細密的黏液絲線。賓想，這些蜘蛛就像成年男人一樣骯髒啊，於是他便將槍管插入巢穴的入口，想要將蜘蛛全數轟掉。假使開了火，會有什麼後果？屋舍都很遙遠，沒有人會知道槍聲從何處發出。

賓這時將手指擱在扳機上，槍口對準一窩蜘蛛。扣引扳機的慾望眞是難以抵抗啊——可惜保險栓一定鎖上了，賓不曉得該如何打開它。

接著手槍竟然開火了。事出突然，就連賓都不知道自己開了槍。手槍彈回他手中，冒著煙，而地上一片髒污。蜘蛛巢穴的通道已經崩壞了；上頭堆了一些土，雜草都焦黑了。

起初賓覺得駭怕，之後卻開心起來。這一槍眞是可愛啊，火藥味聞起來眞是好！不過他又轉而驚怕起來，因爲他發現群蛙突然一概沉默，四下無聲，彷彿剛才那一槍毀滅了整個世界。然後，在極遠處，有隻青蛙又開始嘓嘓叫喚，旁邊的青蛙也叫起來，接著又有另一隻加入，最後青蛙的大合唱又重新開始，賓甚至覺得這一回的合唱更大聲了，比先前還要大聲。在民房那邊，有隻狗吠著，一名女子則在窗口嚷叫。賓想，他不要再開槍了，因爲剛才的沉寂和之後的聲響眞是嚇壞了他。但，他將要另找一晚回來原地，那時候再也沒有什麼能夠驚嚇他——他將會射出手槍裡的每顆子彈，他要瞄準在雞籠周遭徘徊的蝙蝠與貓。

現在，賓可要找個地方來收藏手槍——藏在橄欖樹幹裡？還是埋在土裡比較好？或者在雜草叢生的河岸——蜘蛛窩的所在——挖出一個洞，將槍收在裡頭，再蓋上黴土和雜草吧！賓開始以雙手掘土；他掘土之處的土壤呈現蜂窩狀，裡頭都是蜘蛛挖成的通道。他從皮帶取下手槍，收進皮套裡，再以黴土、草葉、蜘蛛嚼草製成的草牆碎片覆蓋其上。接著他就地放了些石頭，以供來日辨認。他沿著激流河床的人造河道離開，踩著河面的窄小石板前進。

他一面走著，一面將皮帶尾端垂在水裡。他吹著口哨，如此一來他就聽不見似乎不斷增強的群蛙合唱。

這時他身置小花園以及屋舍外的垃圾堆之間。走近人煙的時候，他聽見人聲，卻不是義大利語。賓經常在夜裡出遊；雖然夜裡有宵禁，巡邏的大人卻不會向賓計較什麼，反正他只是個孩子。但，這一次賓卻害怕了——他想道，這些德國人可能在捉拿剛才鳴槍的人。這批德國人走向賓，賓企圖逃開——不過他們卻嚷了些什麼，匆匆追上賓。賓擺出自衛的姿態，抓緊皮帶，彷彿將皮帶當作皮鞭一般。不巧這就是這些德國人正在找尋的物件，這正是他們在找的皮帶呀！他們揪住賓的頸背，拖住他。賓開始不停說話——他懇求，他抱怨，他咒罵，可是這些德國人全部聽不懂。他們太惡劣了，比城裡的守衛更惡劣。

巷子裡擠滿武裝的德國人和法西斯的巡兵，以及他們所逮捕的一些人——其中包括法國佬米榭。

賓要走進巷子，就要先穿過這堵人牆。夜色很暗，唯一的光線來自臺階頂端，來自只不過發出一點微光的燈。全因爲燈光管制的緣故（譯註：爲了防止空襲，所以夜裡管制燈光）。

在微弱的燈光下，在巷子的高處，賓看見那名德國水手。水手的肥臉因爲憤怒而扭曲。水手的指頭伸向賓。

第三章

是的，德國人比城裡的警衛還可怕。當賓碰上警衛的時候，他至少還可以開玩笑說道：「如果你放我走，我可以安排你免費和我姐上床唷。」

不過，德國人根本不瞭解賓所說的話。至於那些法西斯主義分子，都是賓以前沒有見過的人，他們甚至不知道賓的姐姐是誰。這兩種人都很奇怪：德國人膚色粉紅、多肉、頂上無毛，而法西斯主義分子則黝黑、瘦骨嶙峋、面色發青，蓄了老鼠般的鬚。

翌日早晨，在德軍總部，賓是第一個遭受審問的人。他面對一名娃娃臉的德國軍官，以及一名留了小鬍子的法西斯口譯。而那名德國水手待在角落，賓的姐姐則坐在水手旁邊。所有人看來都是一副厭煩的神情。水手似乎已經捏造出一個冗長的故事，藉此解釋手槍爲何被偷；爲了免除失槍的責任，他必然說過一大串謊言了。

在軍官的桌上，擱了一條皮帶。丟給賓的第一條問題是：「你是如何拿到這把槍的？」賓已經在打瞌睡了。他一整夜耗在走道的地板上，法國佬米榭挨在他身邊；每一回賓就要入睡的時候，米榭就會以手肘用力去戳賓的肋骨，並喃喃說道，「如果你說出來的話，我就會殺了你。」

而每一回賓也會答道，「噢，你去死吧！」

米榭說，「你絕對不可以說關於我們的任何一個字，你懂嗎？就算他們打你，你也說不得！」

賓回答，「噢，去死啦。」

「我們已經談好了：如果我沒有平安回家，其他的人就會殺了你。」

賓答道，「你的靈魂最好爛掉。」

在戰前的時候，像米榭這樣的人本來在法國的旅館工作。他在法國度過一段還算美好的時光，雖然有時候人們會用法語嘲弄他是「馬卡洛尼乳酪」或是「法西斯豬」。之後，在四〇年代，他開始被送進集中營，那時候開始一切都不對勁了：失去工作、遣返回國、違法犯紀。

突然間，哨兵留意到賓和米榭正在相互交談。他們將賓帶走，因爲賓是主嫌犯，理當不可以和他人談話。賓不能睡了。他早已習慣被揍，如果別人要打賓，賓也不大會怕。但他頗受心裡的疑惑所折磨，不知道在審問中應該如何拿捏分寸才好。他頂想要報復米榭那批人——他想要立即告訴德國人：

他早就將手槍交給酒館裡的那些男人啦，而且那些人還組成了一個GAP呢。可是，告密又是另一種無可轉寰的行徑，像偷槍一樣危險——如果他告了密，以後再也不會有人在酒館請他喝一杯了，他再也不能夠在酒館裡歌唱或是聆聽色情故事。而且他可能會惹上那名「委員會」男子——那男子總是一副陰森悲慘的模樣——如此一來賓也覺得難過，因爲他覺得「委員會」是那群人當中唯一的正人君子。賓眞希望「委員會」身披雨衣，隨即趕至，走進審問室，並且說道：「要他去取槍的人，就是我！」這種姿態眞帥，配得上「委員會」，而且儘管如此「委員會」也不虞損傷——正當蓋世太保要將「委員會」送進監牢的時候，會有一陣吼聲響起，「我們的人要來了！」，就像在電影裡頭一樣。然後「委員會」的人馬就會衝進監獄，將所有的人救出。

當德國軍官問起皮帶的時候，賓答道，「是我撿到的。」軍官拾起皮帶，全力揮向賓的臉頰。賓的身子搖晃，幾乎摔倒。他覺得彷彿有一把針刺進了他的雀斑裡。鮮血從他早已腫脹的面頰流下來。

他的姐姐尖叫起來。賓心想，姐姐平時打賓的時候也是這般狠毒，這時姐姐的反應只不過是在作戲嘛，只是故作嬌弱的模樣。法西斯的口譯將他姐姐帶走，那名德國佬水手便開始以德語說出繁瑣的句子，指著賓，不過軍官卻打手勢要他安靜。他們問，賓是否決定要說出眞話了？派賓偷槍的人，到底是誰？

「我拿那把槍射貓，本來用過之後就要還回去了。」賓說道，卻沒辦法在臉上擠出天眞無邪的表情——他的整張臉都腫了。他隱約覺得，自己渴望大量的關愛。

他的另一邊臉頰也挨了另一拳，不過這一拳的勁道不像方才那麼重。這時賓憶及以前他應付城裡警衛的把戲：在皮帶落在他身上之前就發出一聲畫破空氣的尖叫，然後繼續叫個不停。好戲開始了，賓在房間裡四處亂跳，又哭又叫，而德國人在他身後追趕，想要抓住他、再揍他一頓。他們繼續向賓丟出詢問，而賓則大聲喊出抗議、詛咒、以及越來越狂暴的回答。

「你把手槍放到哪裡去了？」

這時賓卻吐出實話：「在蜘蛛的巢穴啊。」

「那在哪裡？」

在賓的心底，他反而偏好和這批人交朋友。城裡的警衛也喜歡先揍賓一頓，接著在他面前說些輕薄他姐姐的笑話。如果賓也可以和這批人交朋友，他就可以向他們解釋蜘蛛在哪裡築巢、吸引他們的興趣，帶他們四處參觀。然後他們可以一起去酒館買酒，帶去他姐姐的房間飲酒取樂，抽煙，看他姐姐跳舞。不過，這批德國人和法西斯分子，頭上無毛，刮鬍子之後的腮幫子發藍，看起來並不是能夠讓人理解的。他們繼續責打賓，所以賓永遠不會告訴他們蜘蛛巢穴在哪裡。他連對自己的朋友都不肯說了，憑什麼他要對這批打他的人說？

他不但不說，反而還發出沉痛誇大的哭聲，像是新生的嬰兒一般，又叫又罵又跺腳，整個德軍總部都可以聽見賓的喧鬧。不，賓不可以背叛米榭、長頸鹿、吉安等人，他們才是賓眞正的朋友啊。賓這時對酒館裡的男人們充滿敬意，因爲他們和賓眼前的豬玀對抗。米榭可以放心，賓不會出賣他的；米榭一定聽見了賓的吶喊。他會自言自語道，「他眞是個鐵血少年啊，賓眞的是！他撐下來了，什麼也不吐露。」

事實上，賓所發出來的聲響可以穿透整座大樓。在其他房間的軍官開始抱怨。總有一些人前來德軍總部辦事，如果來來往往的人都聽見小孩被毒打的哭聲，究竟不大好吧。

娃娃臉的軍官奉令中止審問；審問將改時易地舉行。但，要讓賓安靜可不容易。人們試圖向他解釋一切都結束了——不過他們的話語全都淹沒在賓的吶喊裡。有幾名德軍圍在他身旁，想要哄他安靜；賓卻甩開他們，越叫越大聲。他們只好將賓的姐姐帶來，以爲她足以撫平賓；結果，他幾乎跳到姐姐的身上咬人。一會兒之後，整群德國人和法西斯義勇兵都跟在賓身後打轉，試圖安慰賓：其中一名搔了搔賓的腦袋，另一名想要爲賓擦眼淚。

撐到最後，賓疲倦、喘息、上氣不接下氣，只好停止鬧事。一名義勇兵奉命將賓帶往監獄，翌日再帶賓回來繼續審問。

賓步出德軍辦公室，武裝的義勇兵跟在他身後。在一窩亂髮之下，賓的臉蛋看起來小巧。他的眼睛已經擠乾了。淚水洗淨他的雀斑。

賓在門口遇見米榭。米榭正要離開德國總部，一身自由。

「哈囉，賓，」米榭說，「我要回家了。我明天值班。」

賓皺眉看著米榭。賓的眼睛紅腫，嘴巴大張。

「沒錯，我已經獲准參加黑衫軍了（原註：「黑衫軍」於一九四四年初由法西斯分子組成，負責捉拿抗戰人士；譯註：「黑衫軍」又譯爲「黑衫隊」，即「國家安全志願民兵」、「法西斯民兵」，參加者的全身服裝均爲黑色）。他們已經告訴我參加的好處和酬勞。還有，你知道嗎，在搜捕行動中，我們可以闖入民宅，想拿走什麼都可以。明天，他們就要給我武器和制服了。賓，你可要撐下來呀。」

帶領賓前往牢房的那位義勇兵，戴著黑帽，帽子上繡了一個法西斯徽章。這傢伙年輕矮小，他帶的來福槍比他自己的個子還要高。不是那種留了青色鬍渣的法西斯分子。

他們兩人一起走路走了五分鐘，兩人都沒開口。

未久，「如果你想要，你也可以加入黑衫軍，」義勇兵對賓說。
「如果你祖母的母牛想要，牠也可以加入黑衫軍。」賓馬上回嘴。
義勇兵一副受辱的模樣。
「喂，你以爲你現在是和誰在一起？喂，誰教你這樣說話？」義勇兵立定不走。
「走啊？帶我去要命的監牢吧，快走啊！」賓道。
「哼，你以爲進了牢房就好受啦？你會一直被抓去審問，他們會把你揍得全身瘀血。你喜歡挨揍啊？」
「而你呢，就該下地獄。」
「我會送你下地獄的。」
「我會送你，你爸和你爺爺一起下地獄，」賓說。
「如果你不想挨揍，趕緊加入黑衫軍吧。」對方說。
「然後呢？」賓問。
「然後參加搜捕行動。」
「你呢，你參加過嗎？」

「沒有。我在總部守著。」

「吹牛。不知道你殺過多少叛徒呢，只不過你不想承認。」

「我發誓。我沒有參加過搜捕。」

「除了你參加過的之外，你都沒有參加過。」

「除了我被抓的那一次，我都沒有參加過。」

「他們是在圍捕行動中逮住你的？」

「是啊，是場成功的出擊，的確很成功。所有的人都被掃蕩了。那時候我躲在雞籠裡。實在是一場成功的出擊。」

米榭貞讓賓覺得惱火。他惱火，並不是因為他認為米榭行為可鄙、淪為叛徒；賓惱火的原因是，他自己一再疏忽，一直沒能夠預測成年人的作為。賓以為大人在想東，沒想到大人其實在想西——他永遠沒辦法預知大人怎樣變卦。

在賓心裡，他也想要加入黑衫軍。他希望全身懸掛徽章和輕型機關槍，打遍天下。他希望驚嚇民眾，也希望義勇軍將自己視為一分子。他們可以團結成為義勇軍，是因為他們一概憎恨其他的人。或許——細想之後——賓「即將」決定加入黑衫軍了：至少，他可以得到配給的手槍，說不定他獲准帶槍，可以將槍公然亮在制服上。如此一來，他可以向德國軍官和法西斯士官討回公道；他要捉弄他們，他要爲自己先前的哭泣吶喊進行嘻笑怒罵的報復。

黑衫軍有一首歌是這樣唱的：「他們說我們是墨索里尼的流氓……」之後接了各種髒話。黑衫軍可以在大街上高唱淫穢歌曲，正因爲他們是「墨索里尼的流氓」；這眞妙，賓想。不過他身邊的這個義勇兵眞是個笨瓜，搞得賓心神不寧。這傢伙不管說什麼，賓都要粗魯地頂嘴回去。

監牢設於向英國人徵收來的大別莊裡；舊有的港邊堡壘被德國人用來當作防空要塞了。這是座古怪的別莊，位於阿蘭卡利亞松林中；在還沒有充作監獄之前，該處就已經酷似監獄，塔樓臺階迭起，煙囪頂管在風中搖轉，新舊欄杆交錯林立。當時的屋主必然在木頭地板的巨屋裡過著孤獨封閉的生活，任憑西風吹動龜裂的煙囪頂管。他們一定養了一批遊走樓梯間的巨犬，憎惡主人的僕人，或許還有一個會突然跳離餐桌、莫名痛哭的女兒。

現在，這些房間都改爲牢房了。這些牢房很怪異，具有油布地毯的拼花地板、整面牆一般高的大理石壁爐，排水口以碎布塞住的洗手檯和小澡盆。在塔樓上有武裝的哨兵守候著。囚犯在臺階上排隊領取口糧，之後四散進行每日的放風（譯註：指囚犯走出牢室透氣）。

賓入獄的時候，正是用餐時間。他突然發現自己餓極了。人們也給了他一個碗，讓他排隊領餐。

許多囚犯入獄，是因爲逃避徵兵，或因爲觸犯各種戰時的禁令，比如說私自宰殺動物、交易汽油或錢幣。在這時節，獄中的正常囚犯不多，人們不當竊賊一回事了——竊賊的既有刑期還沒有了結，而且年歲老大不必接受徵兵，所以人們就放過他們了。牢裡的政治囚犯很容易辨識，因爲他們臉孔瘀青，而且行動笨拙——原來他們在接受審問的時候，骨頭都被打斷了。

賓也是個「政治犯」；一看他的臉就知道了。賓喝湯時，一名身材壯碩的少年向他走來。年輕人的臉比賓的面頰還更加青紫腫脹；他戴的尖帽子底下是顆削去頭髮的光頭。

「他們把你照顧得眞不錯，同志。」對方說。

賓瞧了對方一眼，還不知道該怎樣對付。

「他們也很照顧你嘛，」賓說。

光頭少年說道，「他們天天審訊我，用軟骨製成的鞭子抽打我。」

他偉傲地說，那些審問對他而言似乎是種特殊的榮耀。

「如果你想喝我的湯，就拿去喝吧，」他對賓說，「我沒辦法喝。我的喉嚨裡都是血。」

他往地面吐了一口微紅的唾沫。賓興味盎然看著對方——賓向來崇拜懂得吐血的人，而且他眞想目睹肺結核病人吐血呢。

「所以你是肺結核病人囉？」賓對光頭少年問道。

「他們可能已經把肺結核傳染給我了，」對方莊嚴同意了。賓景仰注視對方；說不定他們可以成爲眞正的朋友吧。賓喝下對方的湯；這一點很讓賓開心，因爲賓餓壞了。

「如果他們繼續這樣搞，」光頭少年說，「就會毀了我這輩子。」

賓道，「那麼，你何不加入黑衫軍呢？」

光頭少年站起身，腫脹的眼睛瞪著賓：「嘿，你知道我是誰嗎？」

「不知道。你是誰？」賓驚問。

「你有聽過『紅狼』嗎？」

「紅狼！」誰沒聽過紅狼呢？每一次出現攻擊法西斯分子的行動，每一次法西斯總部發生爆炸案，每一次來無影去無蹤的間諜辦事，人們都會喃喃念起「紅狼」的名字。賓也知道紅狼現年十六歲，原本在「多德」（原註：「多德」，"Todt"，爲德國機構，負責防禦工事；在「多德」工作的義大利人可以免除兵役）擔任技工；那些爲了逃避兵役而在「多德」工作的人曾經向賓提起紅狼：紅狼戴著俄國風的帽子，成天談論列寧，他有個綽號叫「GPU」。紅狼也熱衷製作炸藥和定時炸彈——他進入「多德」工作，好像就是爲了學習地雷技術。後來有一天，鐵路橋樑發生爆炸案，此後GPU再也沒有在「多德」出現過。他躲在山中，夜裡才潛入城鎮，帶了一把大槍，他的俄國帽子還別上白、紅、綠色的星星徽記。他將頭髮留長，並且自稱「紅狼」。

此時此地，紅狼就站在賓的面前，不過他那俄國風格的帽子上已經沒有星狀徽章。他的大頭削去了頭髮，眼睛腫脹，他還吐了血。

「啊，你就是他呀？」賓問道。

「正是。」紅狼答道。

「他們什麼時候逮到你的？」

「星期二，在波哥橋上；我那時帶了槍，帽子上還有星星徽章。」

「他們會怎樣處置你呢？」

「說不定，」他口氣豪壯說道，「說不定他們會槍斃我。」

「什麼時候？」

「大概明天吧。」

「你要怎麼辦？」

紅狼朝地上吐了一口血。「你是誰啊？」他問賓。賓說出自己的名字。他向來想要見紅狼一面，想在舊城巷弄的夜裡目睹紅狼身影；但是，賓也一直有點害怕紅狼，因爲賓的姐姐是和德國人來往的。

「你怎麼會在這兒？」紅狼問道；紅狼的語氣就像審訊時的法西斯分子一樣咄咄逼人。

這下輪到賓得意了。

「我從德國佬那裡偷來一把槍。」

紅狼送給賓一個表示讚賞的眼神，然後嚴肅問道：

「你參加了組織嗎？」

賓答道，「沒啊。」

「你沒有參加組織？沒參加GAP？」

賓很高興再次聽到GAP這個詞。「是的，是的，」他說，「GAP！」

「你和誰一道行動？」

賓想了想才說，「我是和『委員會』一起的。」

「誰啊？」

「『委員會』啊！你不知道『委員會』嗎？」賓想要撐出優越的神氣，卻沒有成功。「他是個瘦子，身穿淺色的雨衣。」

「你在扯謊。『委員會』是由很多人組成的，沒有人清楚那些人是誰。他們正在策畫起義行動。你什麼都不知道。」

「如果沒有人清楚他們是誰，你也不會認得他們吧！」

賓不喜歡和紅狼那個年紀的男孩說話。那種男孩總是裝出高人一等的模樣，不願意推心置腹看待賓，反而將賓當成孩子。

「我認得他們，」紅狼說，「因爲我是ＳＩＭ的成員。（原註：ＳＩＭ，Servizio Informazione Militare，軍事情報單位，可指我方也可指敵方的軍情組織）」

又是個神祕的詞。ＳＩＭ！ＧＡＰ！世界上的怪詞一定很多；賓眞希望認得全部的詞彙。

「我知道一切關於你的事，」賓說，「我知道你也叫做ＧＰＵ。」

「不對，」紅狼說，「你不該這樣叫我。」

「爲什麼？」

「因爲我們現在並不是在追求社會革命，而是在爭取國族解放。當人民解放了義大利之後，我們才要向布爾喬亞階級算帳。」

「什麼？」

「就是這樣。我們要向布爾喬亞階級算帳。隊長把一切都解釋給我聽了。」

「你知道我姐是誰嗎？」這個問題和他們兩人的談話內容毫無關係，不過賓已經無意再談他一無所知的事物，反而寧願回返平日的話題。

「不知道。」紅狼說。

「她就是『長巷黑妞』。」

「那是誰？」

「那是誰——你這是什麼意思？大家都認得我姐啊！就是長巷黑妞！」

眞不可思議，像紅狼這樣的年輕人竟然沒有聽過賓的姐姐！在舊城裡，六歲小童就懂得議論長巷黑妞了；小童們還會將黑妞和男人在床上的作爲說給同齡女孩聽。

「嘿，你居然不知道我姐是誰。這可有趣了……」

賓想要吆喝其他囚犯湊過來，進行例行的耍寶說笑。

「在這關頭，我根本不瞧任何女人一眼，」紅狼說，「等到起義之後再說吧。」

「可是，如果你明天就要被槍斃了呢？」賓說道。

「我們等著瞧吧，先下手爲強。他們可能斃了我，我也可能宰了他們。」

「你說什麼？」

紅狼想了一會兒，才將身子前傾，在賓耳邊細說：

「我有個計畫。如果成功了，明天我就可以逃走。然後，我要和所有的法西斯豬玀算總帳——誰叫他們毒打我呢。」

「逃走？逃到哪裡去呢？」

「逃回特務隊。回去畢翁多那裡。接著我們就要組織一次行動，讓敵方坐立難安！」

「你可以帶我一起走嗎？」

「不行。」

「拜託啦，小狼，帶我一起走。」

「叫我『紅狼』。」紅狼說，「隊長告訴我，GPU並不是個好名字，於是我問他該換什麼名字比較好。他說：『狼』這個名字好。我接著跟隊長說，可是，狼是法西斯的動物耶，我希望我的名字裡帶有一點紅色。隊長便說，『那麼你叫紅狼好了。』」

「紅狼，」賓道，「聽我說，紅狼——你爲什麼不肯帶我走？」

「因爲你只是個孩子；這就是我的理由。」

一開始，在賓和紅狼談到手槍時，賓就以爲他們倆可以成爲眞正的朋友。未料紅狼也將賓當作小孩看待；這眞讓賓惱怒。和紅狼同年紀的其他男孩在一起時，賓可以大談女人經，因而保留一點優越的氣焰；不幸，女人話題對紅狼無效。不過，如果能和紅狼同夥，一定妙極了：他可以和紅狼一起製造火藥炸掉橋樑，也可以手持機關槍闖進城鎭射殺巡兵。和紅狼一起走，應該比加入黑衫軍好得多。只可惜黑衫軍的徽章是個死神標記，比紅狼的三色星徽値得炫耀。

賓眼前所見似乎都極不眞實：他和一名即將在翌日槍斃的人站在一起說話，他所在的臺階遍是蹲在地上進食的人們，他頭上的煙囪頂管在風中轉動，他看見站在塔樓上的獄卒以機關槍瞄準囚犯。他身置於一齣中魔的戲，松林的詭異黑影襲來。賓幾乎忘記他遭受的毒打，開始以爲一切不過一場空夢。

這時獄卒命令囚犯排隊，準備返回牢房。

「你的牢房在哪兒？」紅狼問賓。

「我不曉得他們要把我丟到哪裡去，」賓道，「他們還沒有指派房間給我。」

「我想知道你的牢房在哪裡。」紅狼說。

「爲什麼?」賓問。

「你等著瞧吧。」

每回賓聽見別人反覆說著「你等著瞧吧!」,就不由得惱火起來。

但,突然間,在即將走回牢房的一列囚犯中,出現一張賓認得的臉。事實上,是一張他非常熟悉的面孔。

「喂,紅狼,你認得前面的那個人嗎?很瘦的那一個,走路的模樣很怪……?」

「那只是個普通的人犯啊。別管他。他們不值得信任,只不過是一般的人犯而已。」

「爲什麼?我認識他啊!」

「他們只是缺乏階級意識的普羅大眾罷了,」紅狼說。

第四章

「皮耶卓馬果！」

「賓！」

獄卒將賓帶往牢房、打開房門的時候，賓發出一聲尖叫。他的確認出剛才在臺階上的那名囚犯，走路方式古怪的那個傢伙——果眞是皮耶卓馬果！

「你認識他嗎？」獄卒問賓。

「怎麼可能不認識？他是我的師父啊！」

「這好。現在我就把你交給他了，」獄卒說著，便鎖上牢房的門。皮耶卓馬果入獄才一兩個月；不過在賓眼中看來，皮耶卓馬果似乎已經坐牢數年。皮耶卓馬果只剩一副皮包骨，鬆垮的頸部垂下些許毛髮，蓋在臘黃的皮膚上。皮耶卓馬果坐在牢房角落的稻草堆上，瘦竹竿一般的雙臂空懸。當皮耶卓馬果見到賓的時候，他便將雙臂抬起。以前，賓和皮耶卓馬果師父的關係只限於打架叫罵；但，這時賓眼見皮耶卓馬果的慘狀，心裡卻同時感覺到快意和悲哀。

皮耶卓馬果說話的態度甚至也不一樣了：「賓！你也來了——賓——」皮耶卓馬果的音調粗啞悲慟，再也沒有任何詛罵的成分；顯然，皮耶卓馬果很高興能夠見到賓。皮耶卓馬果抓住賓的手腕——但方式和以往不同：以前皮耶卓馬果抓住賓的手腕之後，總要施加一番擰捏。皮耶卓馬果的黃眼睛看著賓。「我病了，」皮耶卓馬果說，「賓，我病得很重。這裡的豬玀不送我去看醫生。這裡的一切都顛倒不分；這裡全是政治犯。總有一天，他們也會把我當作政治犯，好好修理我一頓。」

「我被他們揍了，」賓說著，便展示身上的傷痕給皮耶卓馬果看。

「所以你也是『政治犯』囉？」皮耶卓馬果驚道。

「是啊，是啊，」賓說，「我也是政治犯。」

皮耶卓馬果想了想。「當然，當然，『政治犯』。我才在想，你來到了這裡，豈不是要展開牢獄生涯了嗎？一個人一旦曾經入獄，此後就無法遠離監獄了；出獄之後，終究還是會回去坐牢。不過，既然你是『政治犯』，情況當然就不同了。一般的罪行不能夠換得什麼好處——偷點小東西的人要入獄，偷得夠多的人反而可以擁有別墅宮殿哪。如果犯下政治罪，雖然同樣入獄，入獄的人卻還可以抱持一線希望——他們希望將來的世界更加美好，監獄不再。這一切都是一名黑鬍子『政治犯』在多年前告訴我的，以前他和我關在一起。他已經死了。我熟悉各種犯罪，平凡的罪行、走私、逃稅等等，不過我還沒有發現有哪種犯人比『政治犯』還要體面。」

賓聽不大懂皮耶卓馬果的這番話。但他爲皮耶卓馬果感到難過。他靜立一旁，盯著皮耶卓馬果脖子上的靜脈起伏。

「現在，你看，我病了。我需要治療，結果他們卻放任我躺在地板上。我的血管裡已經沒有血液，裡頭只剩下尿。我沒酒可喝，可是我眞想狂醉一星期。法律全部錯了，賓，你知道嗎？法律列舉出人們生活中不該做的每一件事，像是偷竊啦、殺人啦、收取贓物等等——可是，法律卻完全沒有告訴我們，在遇到某些狀況的時候，我們**應該**做些什麼。賓，你在聽我說話嗎？」

賓看著皮耶卓馬果蓬亂的黃臉，感受到對方的喘息向自己撲來。

「賓，我快要死了。你一定要發誓做件好事。你說『我發誓』，然後再跟著我說。『我發誓，我這一輩子都要努力革除監獄，改寫法律。』好，你說『我發誓』吧！」

「我發誓。」賓說。

「你會記得我說的話吧？賓？」

「是的，皮耶卓馬果，」賓道。

「你來幫我抓蝨子吧，」皮耶卓馬果說，「我身上全是蝨子！你知道怎樣捉蝨子吧？」

「我懂的，」賓說。皮耶卓馬果望了望他自己的襯衫內緣，將衣角交給賓。

「好好檢查衣服的接縫處，」皮耶卓馬果說。賓覺得替皮耶卓馬果捉蝨子實在沒啥意思，可是他卻又覺得對方可憐——皮耶卓馬果的血管裡充滿尿液，恐怕活不久了。

「鞋店呢？鞋店現在怎樣了？」皮耶卓馬果問。其實鞋店的師父和學徒都不喜歡鞋店裡的差事，不過這時他們卻開始討論店裡還沒有完成的工作、皮革和絲線的價格、以及目前該找誰來幫鄰居補鞋——既然鞋店師徒兩人都坐牢了，兩人都顧不了鞋店。不久，他們就並肩坐在牢房角落的稻草上，一面捉蝨子，一面談論製鞋手藝，完全不咒罵修鞋生涯。從前，他們從未這樣愉悅談論修鞋工作過。

「咦，皮耶卓馬果，」賓嘆道，「你爲什麼不當監獄裡的補鞋匠呢？你可以幫獄卒修鞋啊！」

皮耶卓馬果從來沒有動過這個念頭。皮耶卓馬果每回入獄都心甘情願，因爲他在牢裡不用工作也有得吃。但，這時他卻很欣賞賓的主意——如果皮耶卓馬果有工作可忙，或許就不會如此奄奄一息了。

「我可以問問看。你要不要來當我的幫手？」

好啊，賓願意幫忙。在這種狀況下，工作反而是一種新鮮事，是囚犯自己想出來的點子，就像遊戲一樣有趣。對賓而言，坐牢也不見得難受，反正皮耶卓馬果再也不會揍他，賓還可以唱歌給囚犯和獄卒聽呢。

這時，一名獄卒打開房門，紅狼站在門口。紅狼指著賓，說道，「是的，我說的傢伙就是他。」獄卒將賓喚出來，再將牢房鎖上，把皮耶卓馬果一個人留在裡頭。賓不曉得他們想要幹什麼。

「來吧，」紅狼說，「我要搬一桶垃圾。你一定要幫我啦！」

走道上的確有一大鐵桶的廢料。賓想，讓紅狼搬這鐵桶可眞是殘忍啊，拷打之後的紅狼健康狀況很差，工作如此粗重，卻只有像賓這樣的小孩前來幫忙。桶子很高，達到紅狼胸部的高度；桶子很重，不易舉起。他們兩人正努力將桶子抬起的時候，紅狼以嘴唇撩撥賓的耳朵，耳語說道，「提高警覺，我們的機會來了，」之後卻又故意大聲嚷道，「我四處找你，我需要你的幫忙啊！」

眞妙，賓想，他從來不敢妄想這一刻到來。不過，賓有種習性：他一旦去了某個地方，就會對那個地方產生歸屬感，所以就算是監獄也讓賓著迷。或許，他可以稍晚之後再陪紅狼逃亡吧？他入獄未久，待的時間不夠長，並不希望太早離開哪。

「我可以自己搬桶子，」紅狼對獄卒們說道，「但是我要請這孩子幫我扶住後頭，桶子才不會翻落。」

他們搬著桶子前進。桶子的重量讓紅狼彎折了腰，而賓則抓住鐵桶的另一端。

「你們知道路該怎麼走吧？」獄卒在他們身後喊道，「小心，別從臺階上跌下來了。」

紅狼將鐵桶搬到臺階上的第一個轉角之後，他要賓幫他把桶子靠在窗檯上。紅狼已經累了嗎？噢不，紅狼有話要說。「仔細聽著。我們往下搬之後，你自個兒向前走，然後向哨兵說話。你一定要抓緊哨兵的注意力，不要讓他轉開視線。你的個子矮小，和你談話的時候他一定會低頭。可是，你別靠他太近，了解嗎？」

「然後你要怎麼辦？」

「我要把一頂頭盔罩在他頭上。墨索里尼的頭盔。你等著看吧。你知道你等一下該怎麼辦吧？」

「知道啊，」賓道——其實他什麼都不了解。「然後呢？」

「我待會再告訴你。等一下吧。你把手掌打開。」

紅狼抽出一塊肥皀，拿肥皀在賓的手心抹了抹，然後再拿肥皀塗他的腿，尤其著重膝蓋內側。

「幹嘛啊？」賓問。

「你等著瞧吧，」紅狼道，「我已經思考過計畫的每一個細節。」

紅狼那一代的孩子，是看連環圖畫長大的。紅狼對連環圖畫的內容信以爲眞；對紅狼來說，眞實人生和連環圖畫之間至今仍然沒有矛盾。賓幫他抬起桶子，架到紅狼的肩膀上。他們走下臺階後，賓一個人向前走，找哨兵說話。

哨兵站在欄杆扶手旁，眼神悲傷地望向群樹。賓雙手放在口袋裡，走向哨兵。賓覺得他自己的精神復甦了——他在巷子裡作亂的古老精神又回到他身上。

「哈囉！」賓道。

「哈囉——」哨兵答。

賓從來沒有見過對方的臉。是個悲傷的南方人，臉頰滿是刮過鬍子的痕跡。

「見鬼，我遇上誰啦？」賓叫道，「我剛剛自言自語，不知道那個老雜種去了哪裡，結果就看見你在我面前出現。」

悲傷的南方人看著賓，想要撐開半闔的眼皮。「什麼啊？你是誰？」

「去死啦，你總不會不知道我姐是誰吧？」

哨兵喃喃說道，表示他不認識任何人，「你是人犯嗎？我不能和人犯說話。」

紅狼還沒有趕過來辦事哪！

「你該不是要說……」賓道，「你是說，打從你來到這裡，你都沒有搞過一名鬈髮黑妞？」

哨兵看來很困惑。

「是啊，老實說，我搞過一個。她怎麼啦？」

「在一排臺階上的教堂後面的廣場右邊轉角的巷子裡，就住了這樣一個黑妞。」

哨兵眨眨眼，「怎樣？」

賓想道，「看起來，這傢伙好像眞的跟老姐搞過一腿？」

「我只不過想要解釋，」賓說，「你知不知道市場廣場在哪兒呀？」

「嗯……」哨兵哼著，眼神就飄開了。不行，賓一定要吸引哨兵的目光——如果紅狼沒有及時趕到，一切都泡湯了。

「等一下，」賓說。哨兵又轉眼看了賓一會兒。

「我的口袋裡有張照片。我可以讓你看一分鐘。不過，只能看一小部份。你只能看照片的頭部；如果你看了整張，今晚你就睡不著囉。」

哨兵這時靠緊賓，甚至完全睜開了眼，那種穴居動物特有的眼睛。此時，紅狼終於在臺階入口出現——雖然廢料桶子讓紅狼彎折了腰，他卻還是奮力踮腳行進。賓從口袋抽出雙手，在空中揮動，彷佛在藏匿什麼：「嘿！嘿。你想要看吧，對不對？」

紅狼越逼越近，腳步拉長而安靜。然後，他的雙腳交替滑行，十分緩慢。紅狼已經站在哨兵身後了。哨兵正盯著賓的手心瞧——他的手上都抹了肥皂，這要幹嘛啊？忽然，整桶廢料都傾倒在哨兵的腦袋上了——哨兵不只承受廢料而已，他的身體慘遭硬物遍身痛打。他要窒息了，他無法動彈，他被擒了，他的槍和他一樣都被收服。他跌倒了，沿著臺階翻滾而下。

此時，紅狼和賓已經跳過欄杆。

「看那兒。」紅狼對賓說，「你就抓住那裡，不要放手。」紅狼指著一根排水管。賓很害怕，可是紅狼差不多已經將賓踢向空中，於是賓只得緊緊抓住排水管。他抹上肥皂的雙手和膝蓋緊抵水管，整個人從高處滑下，就像是玩滑杆一樣，只不過更加驚險。無論如何，他都不可以往下看，也不可以鬆手放開排水管。

紅狼也騰空一跳。難道他想要自殺？不，原來他是要想勾到不遠處的松樹樹枝，以便將身子掛在樹上。可是，樹枝在他手中斷裂，他在枝椏碎裂的聲響中下墜，一叢松針隨即落下。抓著水管向下滑行的賓越來越接近地面，他不知道應該擔心自己還是紅狼——紅狼簡直在自殺呀。賓終於抵達地面，差一點折斷了腿。他看見紅狼躺在松樹下，身上蓋了一堆細枝。

「小狼——你還好嗎？」賓喊道。

紅狼抬起頭。他身上傷痕處處——哪些是審問時造成的？哪些又是剛才跌傷的？已經分不清了。

紅狼四下張望。可以聽見槍聲。

「快逃吧，」紅狼說。

他站起身，準備逃命，但他已經跛了一條腿。

「快逃啊，」他又喊道，「往那邊跑！」

紅狼曉得該往哪裡走。他帶領賓穿越荒廢的公園，園裡長滿了野藤以及帶刺的雜草。高塔上有人朝著他們開槍，不過公園裡的樹叢濃密，到處都有掩蔽。然而即使如此，賓還是不確定自己是否被子彈射中——據他所知，被子彈射中的人一時不會感覺到痛楚，只會突然倒地身亡。紅狼指引賓穿過澢室後面的一道小門，然後命他爬牆。

公園的暗影忽然消失。在他們面前展現的景象盡是明亮的光線以及鮮麗的色彩，活像小孩的轉印貼紙圖案。他們一時驚惶跌地——他們眼前一片空無的山丘，山丘周圍是廣大寧靜的海。

然後他們走入康乃馨花田。灰色花莖組合成幾何圖案，戴了大草帽的婦女們在其間澆水。他們在花間俯身潛行，才不會被婦女撞見。在一座水泥蓄水槽後方，有一處凹穴，旁邊有一堆疊起來的蓆子。冬天的時候，人們用這些蓆子蓋住康乃馨，以免花朵受凍。

「就躲那兒吧。」紅狼說。他們蹲在蓄水槽後方，將蓆子蓋在自己身上，免得讓人發現。

「我們就躲在這裡，等到天黑吧。」紅狼說。

賓突然記起剛才吊在水管上的情景，以及哨兵射擊的場面——他冒出一身冷汗。這一類的事情，回憶起來要比親身經歷還嚇人——可是，有了紅狼作伴，就不會非常害怕了。坐在紅狼身邊、躲在蓄水槽後頭，眞是有趣極了，就像捉迷藏遊戲一般——不過，眞實生活和遊戲之間已經沒有界線，必須嚴肅看待遊戲才行。這一點倒是讓賓喜歡。

「你受傷了嗎，紅狼？」

「不嚴重，」紅狼說著，一面以口水濡溼手指，塗抹在他的傷口上。「樹枝一折斷，我就摔下來。不過這一切我早就想過了。抹了肥皀之後，你感覺還好吧？」

「眞要命，紅狼啊，你眞有意思。你怎麼懂得所有的事情呢？」

「身爲共產黨員，必須無所不知，」紅狼答道，「共產黨員不論在任何處境，都必須懂得如何行動。」

紅狼眞是驚人——賓想道——可惜紅狼總是擺出好高的姿態啊。

「只有一件事讓我覺得遺憾，」紅狼說，「我沒有武器可以自衛。我願意付出一切來交換STEN。」

STEN——又是一個神祕的字眼。STEN，GAP，SIM——他怎麼能夠記得這些字眼呢？不過，紅狼的最後一句話倒是讓賓開心起來——這時輪到賓擺出姿態了。（譯註：STEN，係英國製史特恩式輕機槍）

「我自己呀，是一點也不擔心的，」賓說，「我有一把手槍，任何人都碰不著。」

紅狼皺眉看著賓，避免露出興致勃勃的神色。

「你有一把槍？」

「嗯哼，」賓答。

「口徑多少？什麼牌子？」

「是一把眞正的手槍噢。是德國水手的槍。我從德國佬那邊偷來的。就是因爲這樣，我才被送進監獄。」

「那把槍什麼模樣？告訴我。」

賓試著解說。紅狼述說了每一種手槍的樣式，後來終於確定賓的手槍是一把P38。賓非常振奮

——P三十八，多可愛的名字啊，P三十八！

「你把槍收在哪裡？」紅狼問。

「收在某個地方啊。」賓答道。

賓必須當機立斷，決定要不要將蜘蛛巢穴的祕密讓紅狼知道。紅狼當然是個厲害的傢伙，懂得幹出各種神奇的事；不過，蜘蛛巢穴的所在是一個極大的祕密，只能透露給眞正親密的朋友知道。畢竟，賓還不能夠確定自己是否喜歡紅狼——紅狼和所有的人都不一樣，不像大人也不像孩子，整天說著嚴肅的話，而且竟然對賓的姐姐不感興趣。可是儘管如此，假如紅狼對蜘蛛巢穴感興趣，賓就會非常喜歡紅狼了。其實，賓根本就不瞭解爲什麼成年男人都會對他的姐姐動心——他姐姐長了一口馬齒，胳肢窩全是黑毛。每一次大人對賓說話，都免不了提起他的姐姐——也因此，賓一直深信自己的姐姐是個了不起的人物，而他本人當然也很了不起，因爲他是長巷黑妞的弟弟。但他也確信蜘蛛巢穴比姐姐來得要緊，比所有男女之事更加重要，雖說他從來不曉得還有誰理解這番道理。如果有人能夠懂得蜘蛛巢穴的重要，這樣的人就算不關心長巷黑妞也沒關係。

「我知道有個好地方，」賓對紅狼說，「蜘蛛在那裡築巢唷。」

「我想要知道，」紅狼答，「你把那把P38藏在什麼地方？」

「嗯，就在那裡嘛。」賓道。

「詳細說給我聽。」

「你想不想知道蜘蛛的窩是什麼模樣？」

「我要那把槍。」

「憑什麼？槍是我的。」

「你只是個孩子，只對蜘蛛的窩感興趣。你拿槍能幹嘛？」

「要命，槍是我的。只要我願意，我把槍丟在河裡也無所謂。」

「你是一個資本主義者，」紅狼說，「你這是資本主義者說話的方式。」

「喔，你去死吧。」賓答道。

紅狼說，「你瘋啦，這樣大聲嚷嚷。如果給別人聽見，我們就完了。」

他從紅狼旁邊抽身，兩人靜默躺了一會兒。算了，沒救了——賓想道——雖然紅狼把他從監獄救出來，他和紅狼卻永遠當不成朋友。但，賓擔心自己落單，更何況手槍一事使他和紅狼的關係更加密切，所以他絕對不可以輕率破壞兩人的情誼。

他發現紅狼找來一塊木炭，忙着在蓄水槽的水泥牆上寫些文字。賓也跟著拾起一片木炭，開始畫起淫穢圖畫。有一回，賓在長巷的牆上畫滿了色情圖畫；聖．吉蘇佩的教區便向「公社」抱怨，賓便成了笑柄。這時，紅狼正專心寫字，並不理會賓。

「你在寫些什麼?」賓問道。

「『納粹和法西斯去死。』」紅狼說。「我們絕不能浪費一分一秒。一有機會，就該寫一些文宣。你也拿木炭寫些文宣吧。」

「我也寫了啊，」賓說著，便指向他的淫穢塗鴉。紅狼很惱火，將賓的成果抹去。

「你瘋啦?好的文宣才會有效果。」

「可是，在這個地方寫文宣有什麼用處呢?你以為有誰會跑來這裡看你寫的文宣?只有蜥蜴才會來看吧。」

「你閉嘴。我要在蓄水池上畫指示箭頭，在牆上也畫一些，箭頭一直連到大路上。這樣一來，別人就會循著箭頭來到這裡，看見我寫的文宣。」

這又是一種只有紅狼才懂得玩的把戲——非常複雜而又吸引人，只可惜一點也不好笑。

「那麼我該寫些什麼呀?我寫『列寧萬歲』好不好?」

幾年前，在長巷裡，牆上持續出現一些塗鴉，寫著「列寧萬歲」。法西斯分子將塗鴉擦掉之後，同樣的塗鴉又在第二天出現。有一天，法西斯分子逮捕木匠法蘭榭，之後塗鴉就不曾出現了。大家都說法蘭榭死在一座島上。

「你寫『義大利萬歲』，『同盟國萬歲』吧。」紅狼說。

賓沒興趣寫。在學校的時候，女老師時常打賓的手心——從板凳下方看去，她的腿好歪曲噢。「萬歲」這個字眼實在很難寫，最好還是找個比較簡單的詞代替。賓想了想，然後寫下：「去—死」。

*

白日越來越長的時節，夜晚似乎永遠不會到來。紅狼不時看著自己的手——他的手就像手錶一樣。他每看一眼，就發現自己的手心暗了一點；當他終於只見黑影時，就表示天色已經夠黑，不必再躲了。他和賓已經達成和解；賓決定帶領紅狼去找蜘蛛的巢穴，把手槍挖出來。紅狼站起身，天色夠黑了。「要走了嗎？」賓問道。

「等一下，」紅狼說，「我先出去巡一巡，再回來找你。一個人行動比兩個人安全。」

賓不想獨處——但是，在不知外在情形的狀況下，他也擔心貿然出洞的危險。

「喂，紅狼，」賓嚷道，「你不會把我一個人丟在這裡吧？」

「相信我。」紅狼說，「我答應你，我一定會回來。然後我們再一起去找P38。」

賓只有一個人獨自等候。紅狼不在身邊的時候，任何一個黑影看起來都是奇形怪狀，任何一個聲響聽起來都像走近的腳步聲。那個站在長巷頂端、除了汗衫什麼也沒穿、以德語罵人的水手哪，這下前來找賓算帳，嚷著賓也偷了他的褲子……是那個娃娃臉的軍官哪，他牽了一頭警犬，還以手槍的皮帶揮打牠……警犬的臉看起來就像留了老鼠鬍子的口譯官……軍官走向雞籠，賓擔心自己正躲在裡頭……不過軍官和警犬卻找出那個把賓抓進監獄的兵——那傢伙像雞一樣俯在地上，不知為什麼……

賓覺得有一張熟悉的面孔正往自己躲藏的地方窺視，而且對他笑著。是法國佬米榭啊！可是，米榭戴上了帽子，他的微笑變成齷齪的獰笑——那是一頂黑衫軍的帽子，上頭還有死神的徽記！啊，紅狼終於回來了！噢，有個身穿淺色雨衣的男子陪同紅狼前來——男子牽著紅狼的手肘，搖頭指著賓，一副不滿意的神色：他就是「委員會」啊！為什麼「委員會」不希望紅狼和賓來往呢？「委員會」指著蓄水槽上頭的圖畫——巨大的圖案，畫的內容顯示賓的姐姐和德國人在床上辦事。在蓄水槽後方，有一堆糞肥。之前賓並沒有注意過這堆臭糞。這時，他正在堆肥中挖個大洞，好讓自己藏進去；但正當他在扒糞的時候，他卻摸到一張人臉——有人被活埋在糞堆裡頭啊！是那名一臉悲傷的哨兵，臉頰猶是刮過鬍子的痕跡！

突然，賓驚醒過來。他睡了多久？現在夜色低沉。爲什麼紅狼還沒有回來呢？他是不是遇上敵兵，被抓回去了？或者紅狼曾經在賓睡著的時候回來過，卻以爲賓已經走開，所以紅狼再次離去了？或許四處都有人在搜捕他和紅狼，所以紅狼根本無法稍動一步？

賓從蓄水池後方探頭出來。群蛙的鳴叫聽起來像是來自天空的巨大喉嚨回聲。在夜色中，海就像是龐然閃爍的劍。身在曠野之中，賓有種奇異的感覺——不覺得恐懼，卻覺得渺小。這時他孤單一人，整個世界上只有他自己。他穿越濃密花叢，爬向山丘高處，來到戰區的上方。待會他將要走向河床，前去屬於他自己的地方。

他餓了。正是櫻桃成熟的時節。有棵櫻桃樹佇立，遠離任何民宅。這棵樹是由魔術變出來的嗎？賓爬上樹，開始認眞採櫻桃。有隻大鳥幾乎就在他的雙手之間飛躍——原來是在樹上睡覺的鳥，牠驚醒了。此時賓覺得萬物皆可作朋友，很後悔自己吵醒了熟睡的鳥。

他消解飢渴之後，又在口袋裡裝滿櫻桃，這才從樹上爬下來。他一面走著，一面吐出櫻桃核。但他忽然想道——如果法西斯分子循著櫻桃核留下的軌跡行進，豈不是就可以逮住他了？不過，世界上除了紅狼之外，大概不會有什麼聰明人會去追蹤櫻桃核留下的線索吧！他決定每隔二十碼，就往地上丟一顆櫻桃核。從此開始，他將在牆的另一頭吃一顆櫻桃、走過那台老舊的橄欖榨油機之後再吃一顆、走到歐楂樹的時候再吃下一顆……直到他來到通往蛛巢的小徑爲止。不過，早在他來到河床之前，賓就把所有的櫻桃吃完了。這時賓才了悟——紅狼根本找不到賓了。

這時他正沿著激流的河床走著。河床裡水流不多，穿過白色巨石，以及如紙沙沙作響的竹枝。在水井深處，像人類手臂一般長的鰻魚正在睡覺；有時在汲水的時候就可以徒手抓到鰻魚。這時的舊城，像是松果一樣厚實，難以穿透。激流進入舊城的地方，正是酒色男女昏睡的所在。賓的姐姐獨睡，還是和別人睡在一起？——她已經忘記賓了，再也不管賓的生死。賓的師父皮耶卓馬果則一個人清醒躺在牢房的稻草上，死期將近，他血管裡的尿液都把鮮血染黃了。

賓來到他自己的地盤：這裡是灌溉用的河道，有一條小徑可以通往蜘蛛的窩。他認出充作記號的石塊；他看看這塊地有沒有遭人翻攪過。沒有，什麼都沒有動過。他用雙手掘土，幾乎狂躁；他摸到手槍皮套的時候才覺得舒坦放心，就像一個嬰孩摸到枕頭下方的玩具。他從土中取出手槍，以指頭撥開卡在縫隙的泥土。槍管中有隻蜘蛛疾跳出來——原來牠在槍管裡建了自己的窩呀！

眞可愛，他的手槍。這是他在世上僅有的一件物品了。他緊抓手槍，想像自己就是紅狼，試著猜測紅狼拿到手槍之後會怎麼做。但這時賓又想起自己的孤單——他無法找人尋求協助。酒館裡的那些男子是難以理解的雙面人，他的姐姐是個叛徒，就連獄中的皮耶卓馬果也不值得信任。賓甚至不知道該如何處置這把槍才好，也不知道該怎樣裝子彈。如果別人發現他手中握了這把槍，一定會殺了賓。他將手槍收回皮套，再用石塊、泥土和野草蓋上。現在他無事可幹了，只得漫無目的在鄉間游蕩。

他又開始沿著灌溉水道行進；在黑暗中很難保持平衡感，有時會踩到水道，有時還會跌進去。賓聚精會神，保持平衡——這麼做，他想道，可以擋住眼淚，不讓壓迫眼底的淚水落下。然而，淚水還是盈滿出來，覆蓋了他的瞳孔，溼潤了他的眼睫毛。起初淚水靜默流下，之後嘩嘩滾落，最後啜泣已經哽住他的喉嚨。他一面走，一面狼狽哭著。此時，有條巨大的人影沿著水道向賓接近。賓停步不走，對方也停了下來。

「來者何人？」對方說。

賓不知該如何回答——他的眼淚越流越多，開始大哭，深沉而絕望。

男子走近了些。他又高又大，身穿平民的服裝，手持輕機槍。他身後披了一條斗篷。

「喂，你幹嘛哭？」他問道。

賓看著對方。是個高大的男子，面孔扁平得像是噴泉裡吐水的浮雕。他的鬍鬚伸展，牙齒零落。

「三更半夜，你在這裡幹什麼？」男人問，「你迷路了嗎？」

這男子身上最古怪的地方，就是他的帽子。那是一頂周圍繡花的毛線帽，頂端還有一顆毛絨球，顏色不易辨識。

「你**迷路了**。可是我不能帶你回家，因爲現在我和任何人的家都沒有關係，我也不能把迷路的孩子帶回他們的家裡去！」

他幾乎以自我辯解的口吻說話，比較像自言自語，而不像是對賓發言。

「我又沒有迷路。」賓道。

「嗯，你在這裡晃來晃去，幹什麼？」戴毛線帽的高大男子問。

「你先告訴我，你在幹嘛？」

「好，」對方說，「你是個聰明孩子，眞是啊。既然你這樣聰明，你爲什麼要哭？我在夜裡巡邏，到處殺人。你怕不怕我？」

「不怕。你是殺人犯嗎？」

「看哪，你看，就連孩子也不怕到處殺人的人了。我並不是殺人犯，不過我的確殺人。」

「你現在正要去殺人嗎？」

「不。我要回家了。」

賓並不怕這男子；他知道，有些人雖然殺人，卻仍然是好人。紅狼總是談論殺人的事，不過他卻是個好傢伙；住在對面的油漆匠殺了他老婆，不過他還是一個好人；法國佬米榭可能已經殺過人了，不過他永遠還是法國佬米榭！戴毛線帽的高大男子開始談起殺人的事，嗓音悲傷，宛如悔罪。

「你曉得紅狼嗎？」賓問。

「當然曉得。紅狼是比昂多的人。而我是德歷托的人。你怎麼會知道紅狼？」

「我本來是和他在一起的，和紅狼一起，可是我找不到他了。我們是一起逃獄的。我們把一個大桶子丟在哨兵身上。是他們先用手槍的皮帶打我的。我從跟我姐姐相好的水手那邊偷來手槍。我姐就是長巷黑妞。」

戴毛線帽的高大男子用根指頭摩擦他的鬍鬚。「是啊——是啊——是啊——啊——」他一面應聲，一面試圖立即聽懂賓的說詞。「那麼，你現在打算去哪裡？」

「我不知道，」賓說，「你要去哪裡？」

「我要回營去了。」

「你可以帶我一起走嗎？」賓問。

「來吧。你吃過東西了沒？」

「我吃了櫻桃。」賓說。

「好吧。這兒有些麵包，」他從口袋抽出一截麵包，遞給賓。

他們啓程，走過橄欖樹林。賓嚼著麵包，面頰上仍有一兩滴淚水滑落。他將麵包和著淚水一起嚥下肚。高大男子牽著賓的手。是隻巨大的手，溫暖柔軟，好像也是用麵包做成的。

「好吧！現在，我們來搞清楚究竟發生了什麼事……首先，你說，有個女人——」

「我姐啦。就是長巷黑妞。」賓道。

「當然囉，在每一個結局悲慘的故事背後，都可以找出一個女人，總是沒錯！你還年輕，你姑且聽我說。戰爭，全是女人引起的……」

第五章

賓一覺醒來，看見樹林枝幹之間的明亮天光。他想要抬頭觀望，卻覺眼睛刺痛。是白天了，平靜自由的白日，可以聽見鳥兒歌唱。

高大男子站在賓身邊，將賓背後的斗篷捲起來收好。

「快，我們走吧，白天囉，」他說道。他們兩人幾乎走了整夜，爬遍橄欖樹林，穿過矮樹叢，最後走進黑暗的松林。他們也看見貓頭鷹——不過賓一點也不害怕，因爲戴了小毛線帽的大個子一直牽著賓的手。

「孩子，你還在打瞌睡，」大個子說著，一面拉著賓前行。「你總不會要我抱著你走吧？」

實際上賓幾乎沒有辦法睜開眼皮，他寧願鑽到羊齒矮樹叢下面睡覺，直到給人發現爲止。前一夜當他們來到燒炭工小屋旁邊的空地時，都快天亮了。高大男子說，「我們可以在這裡歇一會兒。」

於是賓就在苔蘚地上攤平身子，觀望著，覺得身置夢中。大個子將自己的斗篷蓋在賓身上，接著往返收集木材碎片，全數折斷，然後開始生火。

已經天亮了。大個子利用炭火煮水。賓起身，在男子身邊依樣煮水。他站著抬頭望向男人的臉——賓還未曾在亮處仔細看過對方。暗影逐漸從樹林以及賓的睡眼褪去，賓在友伴身上看見更新的發現。男子比初看之下要來得年輕，他的身材其實很合乎比例；他的鬍髭微紅，眼睛湛藍，牙齒之間有縫，臉孔中央是個扁鼻子。

「我們沒多久就要到了，」男子反覆對賓說著，兩人一路行穿森林。男子並不多話，賓很享受兩人沉默同行的感覺。賓心裡本來有點害怕這個男人——他在夜裡隻身遊走、四處殺人，這時卻又照顧、保護賓。和善的人向來讓賓感到尷尬——賓不曉得該如何面對他們，他總想要取笑這種人一頓，看看他們的反應如何。然而，戴了毛線帽的大個子卻給與賓一種不一樣的感覺——他已經殺人無數，卻又可以義無反顧地行善。

男子的話題有限。他談起無止無盡的戰爭、他加入高山部隊七年之後仍然要帶槍巡邏、當時只有女人才有好日子過、他周遊列國終於發現各地的女人全都是壞東西。這些話題大抵上引不起賓的興趣；在那段時日，大家都在談這些事。不過，賓從來沒有聽過有人以這種口吻談論女人——他細想一番，覺得他很同意大個子的想法。大個子和紅狼不同——紅狼對女人不感興趣。大個子似乎很瞭解女人，而且他和賓共享相同的體悟：女人都是臭東西，很難理解男人和女人相處可以得到什麼樂趣。

他們走出松林，穿入栗樹群落。

「快了，」大個子說，「我們眞的要到了。」

不久他們就看見一頭騾子。騾子身上只有龍頭，沒有其他勒具。牠隻身遊蕩，嚼食樹葉。

「不應該這樣讓騾子放出來呀，太不負責了，」男人說，「過來，『海盜』，寶貝過來。」

他抓住騾子的龍頭，牽著騾子走。「海盜」是一頭脫毛的老騾子，溫馴服從。他們來到一片林中空地，看見用來薰烤栗子的小屋。沒看見半個人影。男人站住不動，賓也止步不前。

「怎麼回事？」男人驚呼，「他們全走了嗎？」

賓察覺，自己似乎該感到害怕才是——不過，他並不知道發生了什麼事，所以也不覺得恐懼。

「嘿，誰在裡頭？」男子說道，卻沒有很大聲。他扛在肩上的輕機槍拋入手中。

小屋裡走出一個矮子，肩上扛了一只袋子。他看見賓和大個子，便將袋子丟到地上，開始拍起手來。「哈囉！嘿！表弟！今天是音樂日呢！」他咯咯嚷道。

「曼奇諾，」大個子叫道，「其他的人死到哪裡去了？」

矮子走向賓和大個子，搓著手。

「有三輛卡車，三輛滿載的卡車，從大路開過來。這三輛卡車在早上被人看見，於是大夥都過去攻擊他們了。音樂馬上就要開始。」

這傢伙是個小矮子，身穿一件過大的水手圓領緊身衣。他戴了兔皮帽，用來遮住禿頭。賓想，這傢伙必然是個住在林中小屋的精靈。

大個子以手指撫平鬍鬚。「好，」他說，「我也要趕過去，好好幹一架。」

「如果你還趕得及，就去吧。」小矮人說，「我在這裡已經準備好食物了。我確信他們早就將對方擺平了，現在正在回來的路上。」

「你也該看住騾子才是，既然你留在這裡，」大個子說，「要不是我湊巧撞見騾子，說不定牠就逛到海邊去了。」

小矮子將騾子拴好，然後瞟了賓一眼。

「這是誰啊?表弟，你有個兒子啊?」

「我寧可把自己的靈魂挖出來，也不會想要一個兒子，」大個子說，「這孩子是紅狼的同志，他迷路了。」

事實並不盡然如此，不過賓很樂意讓別人這樣介紹他。說不定大個子刻意要提升賓的地位呢。

「嘿賓，」大個子說，「這一位是曼奇諾，他是我們隊上的廚師。你必須好好尊敬他，因爲他已經老了，而且如果你得罪他，他就不會讓你吃飽。」

「聽著，我的小小革命軍，」曼奇諾說，「你懂得怎樣削馬鈴薯皮嗎？」

賓本來想在回話的時候摻入一點色情成分，反正交個朋友嘛；不過他一時想不出合適的點子，只好回答：「我會啊。」

「很好，我需要一個做飯的助手，」曼奇諾說，「等著，我去拿刀子過來。」他鑽進小屋裡。

「喂，你是他的表弟啊？」賓問大個子。

「不是。不過，大家都叫我『表弟』。」

「我也一樣嗎？」

「你也什麼？」

「我也可以叫你『表弟』？」

「當然可以囉，這名字就像其他名字一樣啊。」

這點讓賓喜歡。他馬上試著使喚這個名字：「表弟！」他叫道。

「你要幹啥？」

「表弟，爲什麼那些卡車會來這裡？」

「他們來逮捕我們。這就是他們來這裡的目的。不過，我們卻要出去擺平他們。人生就是如此。」

「表弟，你也要去打他們嗎？」

「當然，我非去不可。」

「走了這麼久，你不累嗎？」

「過去七年來，我在走路和睡覺的時候，都沒有脫下靴子過。就算我死了，我的屍體仍然會穿著靴子。」

「七年來，你都沒有脫過靴子！老天，表弟啊，你的腳一定很臭！」

這時曼奇諾回來了。他不只帶來削馬鈴薯的刀子。在他肩膀上，停了一隻很醜的大鳥。牠像鸚鵡一般被鉗住，拍動修剪過的翅膀。

「這是什麼？這是什麼？」賓嘆道。他已經將手指探到鳥嘴之下。醜鳥轉動黃色眼珠，差點啄中賓。

「啊！啊！」曼奇諾詭笑道，「牠可以在一秒之內咬下你的指頭！小心點。『巴比夫』是一隻惡毒的老鷹噢！」

「你從哪兒找到這隻鷹，曼奇諾？」賓問道。他越來越精明，懂得不去相信大人，也不去信任大人的寵物。

「巴比夫也算是老兵了。牠很小的時候，我就從鳥巢裡抓牠出來了。現在，牠是我們部隊的吉祥物。」

「你乾脆放牠飛走好了，讓牠像其他猛禽一樣才是。」表弟說，「牠這個吉祥物，反而比僧侶帶來更多的晦氣。」

曼奇諾將手撫在耳邊，示意賓和表弟安靜。

「你們聽見了嗎？答……答答……？」

他們傾聽著。可以聽見山谷下方傳來的槍火聲。爆炸，答——碰，偶有手榴彈的轟炸聲傳來。

曼奇諾以拳擊掌，微微發出刺耳的笑聲，「我們擊中了！我們中了！我就說嘛，我們會擺平他們！我們要把對方的腦袋一顆顆炸掉。」

「嗯，如果我們一直待在這裡，炸掉的腦袋就不夠多吧。我要趕過去看看。」表弟說。

「等等，」曼奇諾說，「先吃點栗子吧。早上剩了一些下來。姬麗雅！」

表弟猛然抬頭。「你在叫誰？」他問。

「我老婆啊。」曼奇諾說，「她昨夜才到。黑衫軍在城裡搜捕她。」

一名女子在小屋門口露臉。她仍然年輕，染過頭髮，雖然染得有些過火。賓想道：沒人會猜到曼奇諾這樣的人竟然也有老婆，而且如此年輕美麗！

表弟皺眉，以指撫鬚。

「哈囉，表弟，」女人喚道，「我是這裡的難民了。」她朝向大個子漫步走去，雙手猶插在口袋裡；她穿著長褲和男人的衣衫。

表弟瞄了賓一眼。賓懂得——即使在這個地方，他們仍然沒辦法擺脫要命的女人哪。歹事一旦發生，就不會有好結果。賓能夠和表弟分享祕密，很感得意；他們利用眼神交換關於女人的祕密。

「妳爲我們帶來了好天氣，」表弟酸溜溜說道，目光掃開，指向山谷。谷中傳來的槍火聲仍然聽得見。

「這樣的天氣再好不過了！」曼奇諾喊道，「聽聽那炮火聲！聽聽那有多熱鬧！姬麗雅，給他一把栗子吃吧，他也要過去參戰了。」

姬麗看著表弟，臉上詭異笑著。賓發現女人的眼睛是綠色的，她脖子上的細紋像是貓的背脊。

「沒時間了，」表弟說，「我該走了。準備好食物吧。賓，祝好運。」

他走了。收捲起來的斗篷綑在他背後，他手裡仍然握著輕機槍。

賓眞想前去追趕表弟，和表弟一起行動。可是，賓全身酸痛，山谷裡的槍火隆隆也讓他隱隱覺得驚恐。留在原地陪伴這對夫妻，也是好的。賓眞希望他們是一對精靈夫妻，隱居林中，而他自己是精靈的養子，懂得和仙子說話……不過，穿水手服的矮子有一種在別人背後說壞話的惡毒習氣，宛如他肩上那隻邪惡的鷹一般陰鬱。小矮子的妻子總是自顧自地微笑，甚至連矮子本人都沒有注意到。賓眞想要對他說，「留神啊，曼奇諾。眞是要命，如果我是你，我才不會信任那個女人呢。」

「你是誰呀，寶貝？」姬麗雅問道，她還伸手去摸賓一頭邋遢的亂髮。賓將腦袋別開——他向來無法忍受女人摸他。再說，他不喜歡被人叫成「寶貝」。

「我是妳的小兒子！妳不認得我嗎？」

「答得好！答得好！」曼奇諾啞聲答道。他拿著兩把刀互磨，發出怪聲，惹得老鷹發狂。「妳根本不該問起同志的身世。同志的標準回答應該是：『我是「普羅大眾」的兒子，我的國家就是「國際」，而我的姐姐就是「革命」』。」

賓眨眨眼，斜眼瞟向曼奇諾。「怎麼？你也認識我姐嗎？」

「別理他，」姬麗雅說，「他對每個人都提起永恆的革命，把大家都煩死了。就連政治委員也討厭他。托洛斯基分子！大家都叫他『托洛斯基分子』！」

「托洛斯基分子」？又是一個新詞！

「這是什麼意思？」他問。

「我自己也不知道這個詞的意思，」姬麗雅說，「反正這個詞正適合他：『托洛斯基分子』！」

「笨蛋！」曼奇諾對老婆吼道，「我不是托洛斯基分子！如果妳來這裡是爲了找我麻煩，妳乾脆回家去好了！去給黑衫軍抓走吧！」

「你這自私的豬！」姬麗雅答道，「都是你的錯……」

「住嘴，」曼奇諾說，「我要聽山谷傳來的聲音。爲什麼沒有機關槍聲了？」

事實上，本來一直炮火轟轟的聲響，一時之前突然中止了。

曼奇諾憂慮地看了妻子一眼，「發生了什麼事？彈藥不夠嗎？」

「……還是機關槍手被殺了？……」姬麗雅驚恐說道。他們夫妻倆站在原地傾聽山谷的聲音，之後面面相覷，不善的神色又回到他們臉上。

「怎樣？」曼奇諾道。

「我剛才說，」姬麗雅又咆哮起來，「過去兩個月來，我活得提心吊膽，都是你的錯！你卻不希望我來找你……」

「賤人！」曼奇諾道，「妳這個賤人！我來這裡的原因之一是——聽啊，槍聲又出現了！」機關槍聲再度響起。短促的槍聲之間，夾有漫長靜默的停頓。

「好多了，」姬麗雅說。

「——我來這裡的原因之一是，」曼奇諾吼道，「我再也不能忍受和妳住在一起的生活了！我已經看清妳幹的那些勾當！」

「喔，眞的嗎？那麼，等戰爭結束之後，等商船復航之後，你每年見我兩三次就好了！——嘿，那些槍聲是怎麼回事？」

曼奇諾聽著，面露憂色，「聽起來像迫擊炮……」

「是我們的，還是他們的？」

「我再聽聽看。又響了一炮。是他們的啊！」

「那不是槍炮聲——那是爆炸聲啊——在山谷下方。是我們的……」

「一直都是矛盾！我怎麼會認識妳，眞是倒楣啊！是的，那是我們的聲音……好多了，姬麗雅，好多了……」

「我就說嘛。托洛斯基分子，你就是托洛斯基分子！」

在旁的賓卻覺得很愉悅，怡然自得。在長巷裡，許多夫妻的吵架持續鎮日不休，而賓總愛倚在那些人的窗下，一聽就是幾小時，一句話也不放過，彷彿收聽收音機一般。有時候，賓會朗聲插嘴，提出自己的意見，惹得吵架的夫妻不時休戰，雙雙出現在窗口，一起咒罵窗下的賓。

在這裡，一切都好多了。在林中深處，可以聽見炮火聲，還可以認識繽紛多彩的新字眼。

突然一切又都平和了：戰場似乎安靜下來；眼前的夫妻怒目相視，卻不發一語。

「要命，你們的吵架就這樣結束啦？」賓問道，「沒有話題可吵了嗎？」

夫妻兩人盯著賓，再互相瞪眼，看誰要說話，場面很尷尬。

「他們在唱歌呢！」賓喊道。這時，山谷傳來稀微的歌聲回響。

「是德語……」曼奇諾喃喃說道。

「白痴！」姬麗雅說，「你難道聽不出來，那是『紅旗頌』嗎？」

「紅旗頌？」矮子拍起手，扭動身子，此時老鷹拍振修剪過的翅膀，想要飛越曼奇諾的腦袋。

「是啊，是『紅旗頌』。」

他跑下斜坡，唱道，「紅旗必勝」，一路跑到懸崖邊才停止。他駐足傾聽。（原註：紅旗頌，是義大利游擊隊歌謠，和「紅旗」原義無關）

他歡呼奔回，拴在鍊子上的老鷹在他身後英勇滑翔。矮子吻了他的老婆，拍了賓的肩膀，然後三個人手拉手齊聲唱道，「紅旗必勝——」

「是啊，是『紅旗頌！』」

「你看吧，」曼奇諾對賓說道，「你一定不瞭解我們剛才在吵些什麼；全是開玩笑啦。」

「是嘛，」姬麗雅說，「我老公是有點笨，但他卻是世界上最棒的老公了！」

她才說著，便將曼奇諾的兔皮帽掀起，在他的光頭上吻了一下。賓不確定他們是否在撒謊——大人向來都是雙面人——不過，他自己看了倒是覺得開心。

「我們來削馬鈴薯皮吧，」曼奇諾說，「他們再過幾小時就要回來了，如果發現沒東西可吃，就麻煩囉。」

他們將袋子裡的馬鈴薯全數倒出，圍坐一圈削馬鈴薯，然後再將削好的馬鈴薯丟進桶子裡。馬鈴薯很冰，凍壞了賓的手指頭；不過，和可善又可惡的奇怪矮精靈以及他更難理解的老婆一起削馬鈴薯，也算有趣。但不久，姬麗雅就不再削馬鈴薯了，卻開始梳頭髮。賓看了十分不悅，因爲他不喜歡和當眾發懶的人一起工作。但是曼奇諾卻仍舊削著馬鈴薯皮——或許他對於姬麗雅的作爲早已習慣，這種事一直在他們夫妻之間發生吧。

「今天有什麼東西可以吃？」賓問。

「山羊肉和馬鈴薯，」曼奇諾答道，「你喜歡山羊肉和馬鈴薯嗎？」

賓只知道自己餓了，於是他連說是。

「你做菜做得好嗎，嗯，曼奇諾？」賓問。

「見鬼，」曼奇諾說，「這是我的工作耶。二十年來，我都在船上做菜；各種船，各國的船，我都上過。」

「你也上過海盜船嗎？」賓問。

「當然也上過海盜船囉。」

「上過中國人的船嗎？」

「中國的船也上過。」

「你會說中國話嗎？」

「太陽底下的每一種語言，我都會說。我也知道太陽底下每個國家的做菜方式。我懂得中國菜，墨西哥菜，土耳其菜……」

「你要用哪一國的方式來煮今天的山羊肉和馬鈴薯？」

「就用愛斯基摩人的方式來做。你喜歡愛斯基摩人的料理嗎？」

「要命啊，曼奇諾，愛斯基摩人的食物！你告訴我，你還見過什麼世面？」

「什麼啊？」

「船上的世界啊。你坐那些船，去了哪些地方？」

賓這時發現曼奇諾的腳踝皮膚上繪有蝴蝶圖案。在他的破長褲底下，蝴蝶很搶眼。

「那是什麼？」賓問。

「刺青。」曼奇諾答。

「那是幹嘛用的？」

「你問太多了。」

*

第一批人馬回來的時候，開水正要煮沸。

賓一直想要仔細瞧瞧游擊隊員的模樣。這時他站在林中隙地的小屋前，張口結舌，眼看他們一個個在他面前出現。他們每一位看起來都不一樣，身上各自懸掛了武器和機關槍腰帶。

他們也可能是士兵，一群在多年前戰場中失蹤的士兵，長年來一直在林中漫遊，未曾找到返回的路。他們的制服破蔽，靴鞋龜裂，鬍鬚糾結，身上的武器只能用來獵殺野獸了。

他們全都倦了，身上裹了汗水和砂塵。賓本來以爲他們會一路高歌回營，未料他們看起來卻很陰森嚴肅。他們沉默倒地休息。

曼奇諾像隻狗似地，在他們身邊跳躍。他一面拍手，一面尖叫狂笑：「這次我們把他們痛扁一頓了！大夥是怎麼辦到的？說來聽吧！」

男人們搖頭。他們散漫躺在稻草上，不置一詞。他們爲什麼這麼不開心呢？看起來，他們彷彿吃了一場敗仗？

「咦？事情出錯了嗎？我們自己人被幹掉幾個？」曼奇諾繞著圈，一一詢問。他卻沒辦法從任何一名男子口中得到答案。

這時，首領德歷托也回來了。德歷托是個瘦子，眼睫毛很長，鼻孔會奇特抽動。他走了一圈，指責這批男子，也抱怨廚子尚未準備好食物。

「說吧，發生了什麼事？」廚子堅持問道。「我們打輸了嗎？如果不告訴我實話，我就再也不做飯了。」

「當然，我們當然贏了。」德歷托說，「我們擄獲兩輛卡車，殺了二十個德國人，收穫不小。」

他惱火說著，彷彿很不甘願。

「我們這邊的死傷也很慘重嗎？」

「另一個支隊死了兩個人。我們自己當然是毫髮未傷。」

曼奇諾盯著他瞧——他慢慢理解了。

「你們難道沒有發現——他們派我們去山谷的另一邊作戰，」德歷托叫道，「所以我們連一發子彈也發不了！他們必須在總部打定主意——要不懷疑支隊、加以解散，要不然就將我們游擊隊員一視同仁、讓我們加入作戰。下一次，如果又派我們去當後衛，我們才不會配合。而且我會辭去職位。反正我病了。」他呸了一口，便進入林中小屋。

表弟也回來了。他呼喚賓。

「賓，你想見識一下步兵行軍的場面嗎？爬下去，你看看從山邊過來的路。」

賓鑽入樹叢，從另一頭鑽出。他看見下方的一條路，有一列男子在路上行走。他們和賓直到目前為止見過的男人都不一樣：他們看來鮮麗發亮；留了鬍子；全副武裝；制服極為怪異；穿戴寬帽、頭盔、皮夾克、紅領巾、法西斯的袍子，卻裸露胸膛；他們的武器全然不同，全是賓未曾見過的。有些蒼白陰鬱的囚犯也在隊伍中。賓覺得眼前情景過於完好，簡直像假的一般——這一切，必然是砂塵道路反映陽光所造成的幻影吧。

他突然心口一跳——他看見一張認得的臉孔。沒有錯，是紅狼。他喊住紅狼，於是兩人又重聚了。紅狼肩上扛了德國人的武器，走路微跛，原來他的一隻腳踝腫了。紅狼仍然戴著俄國帽，不過上頭的標記換成一顆星，一顆內含白綠圓圈的紅星。

「很好，」紅狼對賓喊道，「你自己來到這裡了。你是個聰明的孩子。」

「天哪，紅狼，」賓說，「你究竟是怎樣來到這裡的？我等你等了好久噢。」

「嗯，我跟你說，當我離開你的時候，我想到德國人收存軍火的地方就在附近，便決定過去看看。我進入鄰近的花園，在臺階上看見全副武裝的士兵正整軍待發。我心想，他們一定是要對我方發動攻擊了！如果這時他們已經準備好了，那麼在天亮的時候他們就會找上我方。於是我只好趕快跑來這裡警告大家，所幸沒有發生問題。但是我扭傷了腳踝——就是我跌倒時，腫痛的那隻腳踝。所以，現在我跛了。」

「你太驚人了，紅狼，你眞是太驚人了。」賓說，「不過你仍然是一頭豬！你怎麼可以丟下我不管呢？你還曾經以榮譽立誓回來找我呢。」

「榮譽，」紅狼說，「首重目的。」

這時他們已經抵達德歷托的軍營。紅狼上下看了看這批男子，冷冷回應眾人的招呼。

「你交到一群不錯的朋友嘛，」他說。

「怎麼說？」賓問道，口氣有點酸苦。他已經喜歡上林中的這群人了，不希望紅狼再次將他帶走。

紅狼在賓耳邊低語。「不要告訴別人——這些都是我聽來的。德歷托的支隊專門收留沒用的傢伙，都是總部淘汰的人。你很適合留在這裡，反正你只是個孩子嘛。不過，如果你想離開，我可以試著帶你走。」

因爲賓是個孩子，所以就要留在這裡？——賓不喜歡這種事。他也知道，德歷托的人馬並不是沒用的傢伙。

「紅狼，告訴我。表弟也是沒用的傢伙嗎？」

「表弟是要另眼看待的。他一直單獨行動，是個好人，也有膽。」

賓還想問紅狼許多問題——

「那麼，曼奇諾這個人如何呢？他眞的是『托洛斯基分子』嗎？」

或許，賓想，紅狼會解釋「托洛斯基分子」的意義吧。

「他是『托洛斯基分子』，他是極端分子；這是營部的政治委員告訴我的。你和他是一夥的嗎？不會吧？」

「不，不！」賓答道。誰知道呢？說不定「托洛斯基分子」的意義很腐敗哩。

「紅狼同志，」曼奇諾仍然肩著他的鷹，前來嚷道，「我們請你擔任舊城『蘇維埃』的政治委員吧！」

紅狼甚至不看對方一眼。「左翼的共產主義，幼稚的暴亂，」他對賓說道。

第六章

在森林的樹下，地面覆了厚厚一層栗子殼，乾涸的水池盛滿枯硬的樹葉。夜裡，層層霧氣在栗子樹幹之間傳遍，撲上長滿紅潤苔蘚以及泛藍地衣的樹根。在抵達軍營之前，就可以感覺到營地的存在：樹頂上頭出現炊煙；合唱聲依稀可聞，越深入森林就聽得越清楚。小屋是以石材砌成，有兩層樓高：下面一層供動物棲息；上面一層以原木築成，供牧羊人睡覺。

這時，小屋上下都有人在，他們睡在成堆的新鮮羊齒和稻草上。因爲沒有窗戶，樓下生火所冒出來的黑煙無法散逸，就只得在石板屋頂下方旋繞，睡在下層的人眼睛和喉嚨都燒壞了。每一夜，男人們都圍蹲在火邊——他們略加遮掩火光，以免給敵人發現——他們聚在一起，賓也身置其中。搖晃的火光照亮賓的臉蛋，他引吭高歌，就像以前在長巷裡的酒館一樣。這裡的男人也很像酒館裡的那批人，目光沉重坐著，手肘胡亂擱著。不過，這些人並不感嘆頹唐。他們的手握著槍械，明天他們就要以這些武器瞄準敵人，向敵方作戰！

這一點，讓他們和其他男人不同，讓賓體會了一種前所未知的嶄新感覺——這些男人，是有敵人的。以前在長巷裡，男男女女日日夜夜不斷喧鬧，卻沒有人苦苦期待與敵人交鋒。就是這種期待，讓林中男子們徹夜不眠。擁有敵人的意義究竟爲何，賓還不知道。對賓來說，所有的人類身上都有一種像蟲一樣噁心的特性；不過，良善溫暖的特性也同時存在，足以讓賓重新投進人類的懷抱。

這些男人的心思全部放在敵人身上。他們就像陷入熱戀的人：當他們說起某些特別的字眼時，他們的鬍鬚就會顫抖，眼睛發亮，手指忍不住撥動槍管。他們並未要求賓唱起情歌，也不要他唱引人發噱的有趣曲調——他們只要充滿血腥暴力的歌曲，甚或淫穢至極的曲子，好讓他們咬牙切齒發洩。是的，這些男人比以前賓見過的大人更讓賓感到敬慕。

在小屋下方，林木蔓生，延伸至一片片草坪。聽說，間諜都被埋在那裡。夜裡賓經過草坪時，都覺得有點害怕——賓擔心草叢中會伸出一雙怪手，將他的腳踝抓住。

賓這時已經是這夥人的一分子了。他是每個人的親信，知道逗樂每個人的合宜方式，也知道怎麼爲人打氣、如何找人麻煩。

「要死啦，老大，」賓對德歷托說，「他們說你的制服已經準備好了，勳章、馬刺、寶劍都好了，就等你下海囉。」

雖然賓喜歡捉弄領袖人物，他卻緊守在領袖身邊。他喜歡和大人物在一起，如此一來就可以免去值勤等等的雜務。

德歷托是義大利南方移民之子；他帶有病人的微笑，睫毛很長的眼皮總是低垂。他的職業本是作家；寫作這種職業並不差，可以讓人和富人爲鄰，工作時間又有彈性。但，他寧可一年到頭晒太陽，讓細瘦而結實的手臂枕在腦袋下面。然而，他的心魔卻逼使他不斷遷徙，使他的鼻孔像觸角一樣抽搐，他也在手持武器的時候感受難以言喻的快感。在總部的時候，人們並不是很信任他，因爲委員會提出不利於他的報告——他總想一意孤行，好發施令，卻又不想樹立讓人效法的典範。但是，當他想要奮勇出擊的時候，他就辦得到；再說，具有領導天賦的人並不多。於是，一支軍隊就指派給他帶領了——這支軍隊被認爲是極不可靠的，專門收納在其他支隊礙手礙腳的蠢兵。德歷托對此當然甚感不悅，想去總部商量一番。他不時稱病，整天躺在小屋的羊齒上頭，將手枕在腦袋下面，長睫毛遮掩他的眼。

支隊需要一位好的政治委員來監督支隊隊長，確保支隊的行動正確無瑕。不幸，支隊的政治委員賈青托長年受到蝨子折磨；他只能任憑蝨子爬遍全身、再也無法自制。當然，他也無力控管支隊隊長和隊員了。他不時前往營部開會，報告蝨子災情，研討救治之道——可是這一切都是白費工夫。他一回部隊之後，就忍不住拚命搔癢，從早搔到晚。於是，他只好睜一隻眼閉一隻眼，不在乎隊長的作爲，不理會其他人的說辭。

德歷托聆聽賓的笑話時，抖顫鼻孔，亮出病態的微笑。他說，賓是支隊裡最好的隊員；再說他自己病了、想要辭職，那麼大家何不改立賓爲隊長呢，反正情勢註定大壞。大夥便望向賓，問賓打算何時加入作戰，也問他懂不懂得持槍向德國人瞄準開火。大家把賓逼得很惱怒——賓有自知之明，曉得自己在射擊過程中必然駭怕至極，他一點也不確定自己有沒有能耐朝著別人開槍。但是，既然大家都對他說這些事，他也就開始說服自己，以爲自己和大夥沒有兩樣——賓開始細說自己如果也上戰場的話，他將會有什麼作爲……他在眼睛下方握緊拳頭，彷彿正在操控機關槍。

這番妄想，讓賓感到振奮。他想起法西斯分子毒打他的情景，他想起審問時那些泛藍無毛的臉；答……答……答……，他們全死光，嘴裡還嚼著德國軍官書桌下方的地毯，牙齦冒血！賓也心生尖銳的屠殺慾望，甚至想要殺害躲在雞籠裡的民兵——雖然那是個笨蛋，或許正因爲那是個笨蛋才該死吧；還要幹掉監獄裡的憂鬱哨兵——雖然他很憂鬱，或許正因爲他憂鬱才欠砍吧，他的臉上遍是刮過鬍子的痕跡。賓的屠殺慾望是微渺的，模糊的，就像情愛慾望一樣——具有引人激奮卻又讓人不悅的氣味，像煙酒一般。

「如果我是個像你一樣的男孩，」長腿紀納說，「我就會偷偷潛入城裡，殺死一名軍官，然後再逃回來。沒有人會留意像你這樣的孩子，你大可以從人們的鼻子下面溜走。你要逃命也很方便。」

賓很生氣。他知道，大人們說這些話都是爲了嘲弄他年幼——其實，他們才不會交給賓任何武器，也不會放他出營。

「派我去吧，」賓說，「我就去幹一票，你們等著看。」

「好啊，你明天就去吧。」大人們說。

「要不要打賭？我可以在一天之內進城，幹掉一名軍官！」

「好罷，德歷托，」眾人道，「給賓一件武器吧，嗯？」

「賓是廚子的助手，」德歷托說，「所以他的武器不就是削馬鈴薯的刀子和調羹嗎？」

「你們的武器……全去死吧！有什麼了不起，我有德國海軍的手槍，比你們所有的武器都還要好！」

「眞的呀？」眾人說，「你把槍收在哪裡？放在家裡嗎？海軍的槍——應該就是水槍吧！」

賓咬著嘴唇。總有一天，他要出去把槍挖出來，好好幹一票，讓所有的人都驚跳起來才行。

「要不要賭？我藏了一把P38手槍。」

「你以爲你是游擊隊員啊，把武器藏起來？說說你藏槍的地方吧，我們去把槍找出來。」

「不行。那個地方除了我之外，沒有別人曉得。而且我也不讓人知道。」

「爲什麼？」

「蜘蛛在那裡築巢呢。」

「噢，你再吹牛好了。蜘蛛根本不築巢。蜘蛛又不是燕子。」

「如果你們不相信，就給我一件武器好了。」

「我們的武器是靠自己得來的。是我們爭——取來的。」

「要死啊，我也靠自己爭取啊。我偷槍的時候，在我姐姐的房間裡，當時那個男人……」

眾人笑了，他們不瞭解賓在說什麼。賓眞想要帶著他的槍獨自出走，成爲自立門戶的游擊隊員。

「要不要賭？如果我找得到你的手槍，你的P38，你要怎麼辦？」

這個問題是由一名細瘦的年輕人提出來的。這年輕人永遠感冒的模樣，嘴上有一抹鬍髭，嘴唇邊黏著口水泡泡，名叫痞利。痞利正利用一塊破布磨亮槍上的插銷，動作小心翼翼。

「我用你要死的叔叔來下注啦！我賭你一定找不到蜘蛛築巢的地方！」賓說。

痞利停下手上的工作。「傻子。河床那邊的每一寸地我都很熟。你甚至猜不到我在河床上搞過的妞兒有幾個呢。」

痞利最熱衷的兩回事，就是武器和女人。他頗得賓的仰慕，因爲痞利居然懂得品評城裡的每一位妓女，還提及賓的姐姐，似乎痞利和賓的姐姐也很熟識。賓對痞利有種矛盾的感受，有點受吸引，也有點厭惡。痞利瘦極了，永遠感冒的樣子，老愛敘說他把女孩勾引到田裡作愛的故事，或是談論黑衫軍新近獲得的繁複武器。痞利很年輕——不過他卻遊遍全義大利的營區，和年輕的法西斯分子共處；他一直把玩武器；他甚至在屆滿法定年齡之前就常去逛妓院。

「除了我之外，沒有人知道蜘蛛的窩在哪裡。」賓說。

痞利笑了，露出牙齦。「我知道，」他說，「我現在就要進城，從法西斯分子的家中奪出輕機槍，然後我再去找你的手槍。」

痞利不時進城，總是滿載而歸，帶回許多武器。他似乎總是知道武器藏在何處、歸誰所有；他一再冒著被抓的危險犯案，就是爲了充實他的兵械庫。賓並不知道痞利是否說實話——說不定痞利正是賓苦尋多時的眞正朋友，是個懂得女人、手槍和蜘蛛巢穴的奇人。但，痞利泛紅冰冷的眼睛卻讓賓覺得害怕。

「如果你找到我的槍，你會把槍交給我嗎？」賓問。

痞利笑得牙齦全都露出來了。「如果讓我找到槍，槍就是我的啦。」

要讓痞利割捨任何武器，絕非易事。每一天，支隊裡都會發生爭執：人們抱怨痞利不是個好同志，痞利以爲他奪來的武器都是他的私有財產。爲了獲得輕機槍，痞利在加入游擊隊之前曾經參加黑衫軍，夜裡巡城的時候就拿槍射貓找樂子。後來他把黑衫軍的兵械庫掏空一半之後，他就退出黑衫軍了。從那時起，痞利每隔一段時日就會回城去，找來新奇的自動武器、手榴彈以及手槍。他經常談論黑衫軍，用詭麗的色彩塗畫黑衫軍的標記，口吻中又不失一種著迷。「黑衫軍的人都這樣說……都這麼做……」

「好極了，德歷托，既然我們達成協議，我就動身囉，」痞利說，一面還舔著嘴唇，並抽了抽鼻頭。

他人並非每次出動都很順心如意。但是，痞利每次出征卻都是得意歸來——他從來沒有空手回來過。

「我給你兩天的時間吧，」德歷托說，「不准多過兩天，你懂嗎？而且別幹傻事，小心被抓！」

痞利繼續舔著嘴唇，「我要拿新的ＳＴＥＮ走，」他說。

「不行，」德歷托說，「你拿舊的ＳＴＥＮ。我們需要新的ＳＴＥＮ。」

又是老問題。

「新的ＳＴＥＮ是我的！」痞利說，「當初是我帶來的，所以只要我高興我就可以帶走！」

當痞利開始準備大吵的時候，他的眼睛就會越來越紅，看似就要痛哭失聲的模樣。他的鼻音越來越重，嗓子好似塞住了。然而，德歷托卻是一臉冰冷頑固的神情；開口說話之前，他的鼻孔只抽動了一下。

「既然如此，你別去算了。」德歷托說。

痞利開始冗長抱怨，先是吹噓自己的貢獻，之後又說自己如果不被善待，就要離開支隊，而且把所有的武器帶走。突然，德歷托摑了痞利一掌響亮的耳光。「我說什麼，你就照辦，瞭嗎？」

眾人旁觀，露出贊同的目光。他們並非比較喜歡德歷托而不喜歡痞利；他們只不過欣然看見自己的首領掌有權威。

痞利站在原處，鼻子翹得老高，蒼白的面頰留有紅色指印。

「等著付出代價吧，」痞利說。他轉身就走。

外頭一片迷霧。眾人聳聳肩。痞利早已鬧事多次，這並不是第一回；反正他終究會回來，而且還滿載而歸。賓在痞利身後追趕，「喂，痞利，我的手槍啊，你聽著，那把槍……」他吶喊著，卻不明白自己究竟要追問對方什麼。但痞利還是在霧中消失了，賓的叫嚷也隱沒在霧裡。他和眾人回營。大家的頭髮沾黏稻草碎片，個個面色酸苦。

爲了要提振氣氛，也爲了扳回剛才被捉弄而落失的面子，賓開始嘲笑那些最不懂得自我防衛的人，以及最容易被取笑的人。他將嘲弄對象鎖定在四名卡拉布里亞（譯註：卡拉布里亞位於義大利南方）人；他們的綽號分別是「公爵」、「侯爵」、「伯爵」、「男爵」。他們是連襟，各自離家之後，便娶了來自卡拉布里亞的四姐妹，移居至此。這些人自成一個小團體，以公爵爲首，因爲他年紀最大，比較博人尊敬。

公爵戴了皮毛圓帽，向下拉的帽沿遮住了一隻眼，方正驕傲的臉上留了直線條的鬍髭。他的皮帶上有一大把奧地利手槍；如果有人違逆他，公爵就會抽出手槍，把槍口抵在對方的肚皮上，以聽起來很憤怒的方言吼出激烈的語句。他反覆嚷著那幾句，音調怪異。「我要把把你的的腦腦袋炸掉！」

賓模仿公爵說話。公爵不能忍受自己被人嘲弄，便追拿賓，手裡揮著奧地利手槍，嘴裡喊著，「我要把把你的的腦腦袋炸掉！」

賓甘願冒險欺侮公爵，是因爲他知道大夥都站在他自己這邊，而且大夥都愛看卡拉布里亞人被捉弄的模樣。侯爵的臉像海棉，頭髮低垂在額頭上；伯爵黝黑而陰鬱，看似混血兒；最年輕的男爵戴著農夫的大帽子，轉著眼珠，鈕扣孔掛了一片聖母瑪莉亞的金牌。公爵本來在黑市擔任屠夫，每回需要宰割牲畜的時候，他就會出面動手——他體內流著崇拜血液的黑暗信仰。這四個人經常一道走下山谷，走向康乃馨花田，因爲他們的妻子就住在那裡。他們常在那裡和黑衫軍發生神祕的決鬥、偷襲、仇殺，彷彿惹出一場起於古老家族恩怨的戰爭。

有時在夜裡，長腳紀納會要求賓保持安靜。紀納正好讀到書中精彩部分，想要大聲朗讀出來呢。長腳紀納整天都不離開小屋，只願平躺在骯髒的稻草上，在微弱的油燈光線下閱讀一本叫做《超級驚險小說》的厚書。聽說紀納甚至把書帶上戰場；當我方在等候德國人出現時，紀納就會倚在機關槍的彈匣上，繼續讀他的書。

紀納以單調的熱內亞韻律進行朗讀。書中故事敘說在美國的港口有個神祕的中國人地區，有一批人在這個區域失蹤。德歷托喜歡聽紀納朗讀，便命他人保持安靜。德歷托這輩子卻從來沒有耐心將一本書讀完；不過，當他在坐牢的時候，曾經花了許多時間聆聽一名老犯人朗讀《基督山恩仇記》，德歷托聽得很開心。

但是賓並不了解讀書的樂趣，很覺煩厭。他說，「喂，長腳紀納啊，以後你老婆在初夜會怎麼說啊？」

「什麼初夜？」長腳紀納問道。他還不熟悉賓的玩笑話。

「在你和她上床的初夜，你也要花整晚的時間讀書嗎？」

「你豬臉！」長腳紀納罵賓。

「你牛臉咧！」賓回罵。紀納這個熱內亞人的臉蛋又長又蒼白，嘴唇肥厚，眼睛傾斜，還戴了頂皮革尖帽。帽子看來很僵硬，像是木頭製品。

長腳紀納憤怒起身。「什麼牛臉？你爲什麼叫我牛臉？」

「牛臉啊！」賓一罵再罵，避開紀納巨手所及的範圍。

賓膽敢捉弄紀納，是因爲他知道對方一定不會認眞追打自己，而會放任賓繼續聒噪——紀納寧可繼續埋頭看書，他的大指頭還按著剛才讀過的紙頁呢。紀納是全隊裡頭最懶散的一個。雖然他的肩膀可比碼頭搬貨工人，他在行軍的時候卻總會找來一些藉口，避免背負重物。所有的支隊都將他淘汰掉，結果只剩德壓托的支隊可以收留他。

「人生眞是殘酷，」長腳紀納說，「人類竟然一輩子都要工作。」

不過在某些國家，例如美國，人們不需要努力也可以致富。等到船隻恢復航行之後，紀納就要前去那種國家。

「自由的企業，祕密就在於自由企業，」紀納躺在稻草上，伸展長臂說道。然後他又舉指細說書中描述的自由快樂國度。

夜裡，大家都在稻草上睡著了。長腳紀納摺疊他剛看的書頁，將書闔上，吹熄油燈，躺下睡覺——他的面頰還壓在書本的封面上。

第七章

游擊隊員的夢境是短淺而稀少的。他們的夢出自於飢餓的夜晚；食物總是不足，而且永遠僧多粥少。在夢裡，他們嚼食麵包碎片，將麵包屑收在抽屜裡。流浪狗一定也有類似的夢境吧，關於咬食骨頭並加以埋藏的夢。如果人們的胃塡滿了，爐火點燃了，而且前一日的行軍並不致太操勞，他們才會在夢裡見到女人——他們早起時，精神自由昂揚，就像拔錨啓航一般快活。

在稻草堆躺著的男人們開始談論女人，過去的女人以及未來的女人，他們幻想戰爭之後的情慾計畫，傳閱早已褪色的色情照片。

姬麗雅睡覺時，一邊是牆，另一邊是她矮胖禿頭的老公。早晨時分，她聆聽眾男充滿慾望的言談，察覺他們的目光像稻草裡的蛇一樣向她蠕動。她爬起身，往外頭的泉水走去，打算洗澡。男人們留在黑暗的小屋裡，想像女人掀開衣衫、爲胸乳抹皂的景觀。向來沉靜的德歷托也起身洗澡去了。眾男朝著賓大笑，因為賓懂得解讀眾男的邪念。

置身於這些男人之中，對賓來說，和置身酒館眾男之中是一樣的。只不過，林中世界具有更光豔的色彩，更多的野性，這裡的夜晚是在稻草堆裡度過的，男人鬍子爬滿了蝨子。男人們對女性的執迷簡直荒謬，不過這種執迷在所有的大人身上都很常見。除此之外，還另有一件事同時吸引卻又驚嚇了賓。男人們不時返回小屋，領出一名黃臉的男子——這男子，以前賓未曾見過。男子左右張望，似乎無法閉起他持續凝視的眼，也無法張嘴詢問他渴求知道的情事。

男子溫馴跟隨眾男走出小屋，走進森林邊緣的多霧草坡。沒有人看見那男子回來。有時，原本屬於那名男子的帽子、夾克、釘靴卻在其他人的身上出現。賓覺得這回事很詭異神祕，因此他每每試圖跟從眾男的隊伍走進田裡——不過他們卻在叫罵聲中將賓推開。賓只得留在小屋前頭奔跳，拿掃帚戲弄老鷹，心裡卻想著在多霧潮溼草地進行的祕密儀式。

*

有一天，公爵和他的三名連襟前去參加那種神祕的行動。待公爵返回營區時，他頸子上圍了黑色羊毛領巾，手上提著毛皮帽。

「各位同志，」他道，「我的侯爵弟兄被殺了。」

眾男子走出小屋，看見伯爵和男爵也回來了——他們也圍上黑色羊毛領巾。他們抬了一張以葡萄架和橄欖樹枝製成的擔架，擔架上頭躺著侯爵的屍體。黑衫軍在康乃馨花田中殺了他。

他們在小屋前將擔架放下，圍站在擔架四周，脫去帽子，下巴垂低。此時，他們瞄到兩名俘虜。這兩名法西斯俘虜是在日前的行動中抓來的。俘虜光腳站著削馬鈴薯，他們身上破舊制服的徽章已被拔去。俘虜每見到人，就不厭其煩辯稱自己加入黑衫軍並不是出於自願，而是因爲被迫。

公爵指示這兩名俘虜準備十字鍬和鏟子，並將擔架抬入草地，以便埋藏侯爵的屍體。他們啓程了。兩名法西斯分子將載有屍體、樹枝編成的擔架扛在肩上；侯爵等三人則在後頭跟隨，公爵居中，他左右方則是另外兩位。他們的左手都抓著帽子，帽子舉在心臟的高度。公爵的帽子是毛皮圓帽；伯爵的是羊毛暖帽；男爵的是農夫的大帽子。他們的右手各握了一把槍——扳機是打開的。其他的人隔著一段距離跟隨在後，默然不語。

之後公爵開始爲死者念誦祈禱詞。他嘴裡吐出的拉丁文聽起來沉重而憤怒，像是詛咒一般。另兩位弟兄則吟詠應和，手槍一直開著扳機，帽子舉在胸前。送葬隊伍以緩慢步伐穿過田野。公爵不時對法西斯俘虜施發尖銳的號令：走慢點；擔架要保持平衡；轉彎……最後，他令俘虜止步，動手掘墓。

其他的人也停步不前，保持一段距離，站著觀望。死者的三名連襟站在擔架和兩名正在掘土的法西斯分子旁。他們仍然不戴帽子，仍然圍著黑羊毛領巾，手槍的扳機仍然開著，念著拉丁文祈禱詞。法西斯分子的手腳很快；沒多久，就挖出很深的土坑。他們抬頭望向三名連襟。

「再挖，」公爵說。

「挖深一點？」法西斯分子問。

「不。挖寬一點。」公爵說。

法西斯分子繼續掘地，挖出更多的土，原來的土坑變成兩三倍寬。

「夠了，」公爵說。

法西斯分子將侯爵的屍體置入土坑中央。之後他們爬出土坑，開始向下撒土。

「下去，」公爵說，「你們下去坑裡蓋土。」

兩名法西斯分子以鏟子將土倒在屍體身上；後來他們兩人各站在相隔的土坑中，死屍擋在兩人中間。他們不時轉頭看看公爵的臉色，詢問公爵是否允許他們爬出土坑；不過，公爵要他們繼續在屍體身上蓋土，直到堆出土丘為止。

其他的人離去了，讓死者的三名連襟留在原地——他們仍然不戴帽子，手槍的扳機依然開著。霧氣昇起，一股濃霧掩沒了人形，搗去了聲音。

＊

卡拉布里亞人送葬的故事傳入總部之後，引起極大的非議。政治委員賈青托又被召去報告。此時，小屋裡的男人們似乎沉迷在狂野誇張的歡愉中——他們聽賓說笑。這一夜，賓放過服喪的三名連襟，改而向長腳紀納發動攻擊。

姬麗雅跪在火邊，將木材碎片遞給她的老公。曼奇諾想要讓火焰燒旺一點。姬麗雅也聽著男人們的說笑，她綠眼珠的目光也在屋裡流蕩。每回她的眼神和德歷托幽暗的目光相接，她和對方都會笑起來。德歷托笑得邪惡而病態。他們兩人定定注視彼此，然後女人才垂下眼睛，恢復嚴謹的神色。

「賓，暫停一下，」姬麗雅說，「唱那首歌吧？『是誰在敲我的門……？』」

賓放過熱內亞人紀納，改而開姬麗雅的玩笑。

「說吧，姬麗雅，當你老公不在家的時候，」賓問，「妳希望誰來敲妳的門啊？」

廚子抬起他被火烤紅的光頭，發出一點酸溜溜的笑聲。這是他被嘲笑時的因應之道。「我倒是想看賓來我家敲門。小心站在你身後的公爵，他會揮動一把大刀，而且說，『我要把把你的腦腦腦袋瓜砍掉！』」

不過在這節骨眼開公爵的玩笑，眞是愚不可及，完全不好笑。賓朝著曼奇諾走了一兩步，皺著眉頭，斜臉笑道：「怎麼，曼奇諾啊，上一次有人敲你老婆的門，你眞的不知情嗎？」

曼奇諾這時很明白，最好別逼問賓話裡的意思。

「不，我不知情。你呢？」他答道，仍然發出一聲酸笑。曼奇諾知道賓不會放過他的，也清楚別人都在殷切期盼賓能說出什麼鬼話。

「上一次你出海一年，你老婆就生了一個娃娃，還把孩子送去孤兒院呢。你回來之後，沒有發現不對勁的地方嗎？」

原本屏氣等待笑話的眾人，終於忍不住狂笑起來，還試圖進逼廚子：「噢，曼奇諾，究竟發生了什麼事？你都沒有對我們說過唷！」

曼奇諾也笑了，卻像青檸檬一樣酸。「怎麼，」他對賓說，「你自己在那間專收私生子的孤兒院時，見到了那個孩子嗎？」

「夠了，」姬麗雅說，「你能不能說點不刻薄的話，賓？唱那首歌給我們聽吧，那首歌好美。」

「我高興才唱，」賓說，「我不接受點歌的。」

德歷托慢慢站起身，伸了懶腰，「唱吧，賓！唱那首姬麗雅指定的歌，不然送你去站衛兵好了。」

賓將遮住眼睛的頭髮甩開，露齒笑道，「嘿，希望德國人不要來啊！老大今晚很濫情喔！」

賓以爲對方即將反擊，他也準備躲開——未料德歷托的幽暗眼睛只是盯著姬麗雅瞧；他的目光高過廚子光頭的高度。賓於是站定位置，抬起下巴，挺出胸膛，張嘴唱道：

是誰在敲我前門，我家的前門？

是誰在敲我前門？

這是首狂野著魔的歌。賓從長巷的一名老女人那邊學來的。說不定市集的說書人也唱過這首歌。

是個穆爾人船長和他的奴隸，和他所有的奴隸，

是個穆爾人船長和他的奴隸。

「柴火！」廚子曼奇諾說道，向姬麗雅伸手。姬麗雅舉起一支以柴枝編成的掃帚，德歷托的手卻凌越廚子的腦袋，將掃帚取走了。

女人，告訴我，妳的兒子在哪裡，在哪裡？

女人，告訴我，妳的兒子在哪裡？

曼奇諾還伸手等著接柴火，可是德歷托已經把搶接的柴枝丟進火堆裡燒了。姬麗雅接著遞出一把粟米的葉子，她高舉的手超過丈夫的光頭，卻和德歷托的手相接。賓的目光敏銳看著好戲進展，嘴裡猶唱著曲。

我兒子上了戰場，回不了家，回不了家，

我兒子上戰場，回不了家。

德歷托一手牽著姬麗雅的手，另一手接住粟米葉，將葉片擲入火中。之後，他放開女人的手。兩人對看。

說不定他吃麵包噎死了，吃麵包噎死了，

說不定他吃麵包噎死了。

賓的眼睛閃亮，任何動靜都逃不了他的眼。他每唱一句，就在歌聲中投入更多力氣，彷彿他自己的靈魂都陷在歌聲裡面了。

說不定他在河邊喝水淹死了，在河邊淹死了，

說不定他在河邊喝水淹死了。

德歷托跨過廚子的身軀，挨近姬麗雅。賓的嗓音在喉嚨裡打雷，簡直要把喉管炸開。

說不定他被走過的土地吞埋了，他被土地吞埋了，

說不定他被走過的土地吞埋了。

這時德歷托蹲在姬麗雅身邊。她交給他木柴碎片，他將碎柴送入火中。其他的人都在專心聽歌，歌曲內容已經達到高潮。

女人，妳在說什麼，我就是妳兒子，我是妳兒子呀，
女人，妳在說什麼，我是妳兒子呀。

爐火的火焰已經過高了。應該將一些柴火抽出，不該再添，不然地上的乾草也會著火。可是，姬麗雅和德歷托兩人卻仍然在把玩細枝和樹葉。

原諒我，兒子，我說了你的壞話，說了你的壞話，
原諒我，兒子，我說了你的壞話。

賓熱得冒汗，卻又因爲奮力唱歌而渾身顫抖。他的最後一個高音尖銳逼人，黑暗的屋頂下突然響起拍翅聲以及沙啞的尖叫——原來老鷹巴比夫也爲之驚醒。

男人抽出寶劍，砍下女人的頭，砍下女人的頭，
男人抽出寶劍，砍下女人的頭。

曼奇諾將手放在膝蓋上。他聽見老鷹的叫聲，正要起身餵牠。

頭掉下來，滾到大廳，滾到大廳，
頭掉下來，滾到大廳。

廚子有一口大袋子，裡頭全是牲畜的內臟。

老鷹這時停在廚子的手指上。廚子曼奇諾取出血紅的腎臟碎片，塞進鷹嘴。

房間地上長了一朵美麗的花，一朵美麗的花，
房間地上長了一朵美麗的花。

賓深呼吸，準備唱出最後幾句。他靠近德歷托和姬麗雅，幾乎要朝向他們兩人的耳朵吼叫。

兒子殺死的母親變成花，兒子殺了親生母親，
兒子殺死的母親變成花。

賓撲倒在地，他累壞了。每個人都鼓掌叫好。老鷹巴比夫嘎嘎叫。這時，在上頭睡覺的男人卻喊道：「失火了！失火了！」

火焰已經茁壯成災，嗶啪作響，向蓋在原木上頭的乾草侵襲。

「出去！快出去！」眾人手足無措，忙著搶救武器、靴子、毯子，跌得東倒西歪。

德歷托恢復冷靜，跳了起來。「快！東西清乾淨！先救自動武器和彈藥，再拿來福槍。最後再拿袋子和毯子。還有，別忘了口糧！」

眾男子之中，有些人還光腳躺在地上哩。他們一陣慌亂，抓住任何抓得住的器具，然後急往門口撲去。賓在大人的腿間穿梭，鑽出一條生路，還在屋外找到一個可以欣賞火災的據點。多麼壯麗的景觀啊！

德歷托拔出手槍。「東西沒有全部救出來之前，任何人都不准離開！救出東西之後，再回去搬！我看見誰先開溜，我就斃了誰！」

火焰已經開始舐舔牆壁。眾人已經克服恐慌的心理，跳回火焰和濃煙之中，搶救武器和食糧。德歷托也返回火場，施發號令；他在濃煙中咳個不停，只好又逃到屋外，喊住屋外的人，不讓任何人溜走。他在矮樹叢裡找到曼奇諾，發現廚子的家當都帶在身上。德歷托命令曼奇諾鑽回火場，將炒鍋拿出來。

「我如果發現有人不回火場救東西，我就要他吃苦頭！」

姬麗雅走過他身邊，冷靜地向火場走去，臉上掛著奇異的微笑。「滾開！」德歷托對姬麗雅喃喃說道。

德歷托眞是個可憐蟲。可是他又具有領導的本能。他知道，火災全是他的錯，因爲他無法自制之故。他知道上級和他之間一定會出現嚴重危機。不過，他現在畢竟是個領導者，他的鼻孔一邊顫抖，一邊指揮眾人將火海中的小屋騰空。原來在歇息的眾人飽受驚嚇，儘管救了自己的命卻可能失去所有物資，所幸德歷托指示眾人如何行動進出。

「上樓去！」德歷托叫道，「樓上還有一座機關槍，以及兩大包彈藥！」

「上不去了！」有人說，「地板都著火了！」

突然又有人喊道，「地板陷落了！大家都出去！」

此時，可以聽見爆炸聲——是一些收在稻草裡的手榴彈。德歷托嚷道，「全都出去！避開小屋！把東西拖遠一點，尤其小心火藥！」

賓站在土丘觀景點上，看見火焰突然爆裂，像煙火一樣壯美。他也聽見槍聲，甚至機關槍開火的聲響——應是彈藥腰帶落進火裡，子彈逐一爆炸了吧。遠方的人會以為聽聞了一場戰爭。火光直射空中，黃金看似遍撒在栗子樹頂。樹枝起初看來像是鍍了一層金，後來卻突然白熱化了——火災已經深入樹林，說不定稍後整座森林都會付之一炬。

德歷托寫下一分損失清單：一把布拉達的傢伙（譯注：布拉達〔Breda〕，荷蘭城市名），六條彈藥腰帶，兩把來福槍，一堆手榴彈，子彈，還有一袋大米。他不必再當領導人了；他會被槍斃，逃不了的。而他的鼻孔仍然抖動不休。他繼續為眾人指派任務，一切似乎如常。

「我們要往哪裡去？」

「我待會再說。先離開森林吧。走啊！」

支隊帶了武器和行李，以一路縱隊穿過草坪離去。曼奇諾帶了炒鍋，老鷹巴比夫停在鍋子上。賓負責搬運其他廚房器具。此時，眾人之中開始流傳謠言：「德國人一定聽見槍炮聲，也看見火災了——他們馬上就會找到我們——」德歷托泛黃的臉不為所動，朝向眾人斥道：

「安靜！不准說話！走啊，走！」

在失敗的行動之後，他可能要策畫一次撤退了。

第八章

新的營部是一座穀倉。眾人層疊擠在其中。穀倉的屋頂已經塌陷，雨水會滲入。清晨時分，眾人只好四散到附近石坡上的高山玫瑰間晒太陽，將身子晒乾。他們躺在結霜的樹叢間，脫光衣服抓蝨子。

賓喜歡幫曼奇諾跑腿。賓去泉邊打水回去，以小斧頭在燒毀的樹林間收集木材，從溪裡摘取西洋菜讓曼奇諾做沙拉。曼邊走邊唱，望著天空、清淨的晨間大地、草間漫飛的綺色高山蝴蝶。他每次跑腿，都要讓曼奇諾焦躁守候，往往爐火燒盡了、米飯煮黏了才盼到賓回來。賓終於回來之後，曼奇諾就會用天底下所有的惡言詛咒賓；這時，賓的嘴裡塞滿草莓，他的眼神猶隨著蝴蝶振翅飛舞。此刻，賓又變回長巷裡的那個小男孩，總是可以引發長達數小時的紛爭，將高山玫瑰間的眾人吸引到廚房爐火邊觀戰。

不過，當賓在早晨的小徑漫遊時，他卻已經忘記老街裡揮之不去的騾尿臭味，忘記了他老姐凌亂床褥的男女氣息，忘了破柵欄和排水管發出來的酸味與毒煙，也忘記審問當時皮帶飛舞的斷聲。這時賓欣然發現繽紛事物：在土裡濡溼生長的黃棕蘑菇；結了隱形巨網的紅蜘蛛；長腿長耳的兔子突然在小徑上閃現，之後又曲折跳遠。

但是突然的一個念頭，又將賓拉回污穢曖昧的人世。賓瞇起眼睛，臉上滿是雀斑。他觀看蟋蟀作愛，以松針扎刺小癩蛤蟆的疣背，在蟻丘上頭撥水、看著多孔的土堆崩解、紅黑蟻群在泥間倉惶四散。

然後，成人世界又將賓吸納回去。難以理解的大人啊，他們面色模糊，嘴角憤怒。賓回到曼奇諾身邊。曼奇諾這個矮子的笑聲越來越酸苦；他永遠守著廚房，未曾親赴戰場，卻總愛議論革命。老鷹仍然停駐他肩頭上，拍振修剪過的翅膀。

表弟則是不一樣的人。雖然他看似永遠抱怨，不斷暗示旁人他才是眞正掌握戰爭脈動的唯一一人，他卻果眞自行扛起輕機槍四下巡視。他每次回營之後，間隔幾小時就再次出動，臉上總是掛著一副不甘願的神氣——似乎他操忙這一切，只因爲不得不如此。

每一回需要出任務時，德歷托便四下張看，說道，「誰想去？」

而表弟就會搖著他的大頭，彷彿命運之神不公，而他自己身爲受害者。他將輕機槍搭在肩上，嘆氣離席，他那張臉孔更加肖似噴泉裡的浮雕。

德歷托在高山玫瑰間躺平，將手臂枕在腦袋下，槍夾在兩膝之間。他很篤定——總部一定要來整治他了。眾男鬍子雜亂，睡眼惺忪。德歷托避免凝視他人，因爲他覺得大家的目光裡充滿了無聲的憤怒，全往他這邊射來。不過，大家卻還是服從德歷托，似乎出自於協議——如此，才不致於淪入更慘烈的禍災吧。但德歷托還是傾聽任何風吹草動，不時發號施令——眾人向來習慣將他視爲領導者，他不希望這個習慣消失。如果他們遺忘了這個好習慣——就算只不過遺忘一陣子——德歷托就要失去他的人馬了。

小屋燒毀事件從來不讓賓煩憂——反正那是一場壯美的火災，再說新的營區周遭環境有趣，值得探險。但他也有點不敢親近德歷托——賓不知道德歷托是否會將火災怪罪到他身上——畢竟，當時賓的歌唱讓德歷托情迷意亂。

這時德歷托正在喊他：「賓，過來！」

賓走向躺在地上的德歷托，卻不敢說出平時的輕薄話。他知道大家對於德歷托又恨又怕，這時走近德歷托反而讓賓有種虛榮感，彷彿他也是同謀分子似的。

「你懂得怎樣清槍嗎?」德歷托問。

「嗯,」賓說,「你把槍拆開,我會把零件清乾淨。」

大家見到賓都會有點緊張,因爲他們不知道賓會在人面前說出什麼鬼話。不過這一回德歷托卻篤信賓不會提及火災、姬麗雅或相關的糗事——整個支隊中,他只能和這個男孩相處了。

德歷托攤開一條手巾。他將手槍解體,零件就放在手巾上。賓問德歷托可否讓他幫忙拆槍,於是德歷托就教賓該怎麼做。賓喜歡這樣坐著與德歷托說話,音量很低,兩人都不說惹毛對方的話。賓拿德歷托的手槍和他自己埋藏的寶物相比較,談論兩把手槍的差異和優缺點。德歷托卻不予置評——可能因爲他不相信賓果眞埋了一把槍;也說不定他明明相信賓有槍,卻在嘴上懷疑,藉此嘲弄賓。當賓這時和德歷托說話的時候,德歷托看來是個好人。德歷托向賓解說手槍的運作原理,熱情感人,再也沒有惡念薰心的神色。他們兩人這時談論的手槍,甚至再也不像是殺人的工具,反而是奇特魔幻的玩具。

其他的人閒躺著,看起來憤怒而失神。賓在他們身旁晃來晃去,但他們並不理會這孩子,也不想聽他唱歌。沮喪感滲入眾人的骨頭,一如大地吐出溼氣,都不吉利。眾人不再信任自己的領導者,反而寧可相信謠言,以爲德國人已經帶了噴火器穿過岩石和高山玫瑰進逼。他們認爲自己終究要脫逃一個接一個的山谷，在這永無止盡的戰爭中逐一夭亡。他們開始議論戰爭——戰爭是何時開始的？誰會想要戰爭呢？戰爭何時會結束？戰爭終了之後，世界會變得更好，還是更壞？

戰爭存在與否的差別何在，賓並不知道。似乎打從他一出生開始，就一直聽聞大人談論戰爭。只不過，大轟炸和燈火管制倒是他年紀較大之後的事了。

每一回飛機飛越山林上空的時候，人們可以放心在下方觀看，不必像城裡的人一樣躲進防空洞避難。之後，遠方海邊傳來轟炸聲。人們想起他們的家——這時，大概都成了一片廢墟吧？他們對彼此說：戰爭永遠不會結束；他們也說：他們不理解爲什麼會有人希望戰爭發生。

「我知道誰希望戰爭發生！我見過那批人！」一名叫做「警察」的男子突然說道，「他們都是學生啊！」

警察這個人比公爵還無知，比長腳紀納還懶惰。警察的父親是一位農夫，他老人家深知自己的兒子無力以農維生，便對兒子說，「你去當警察吧！」於是兒子便加入義大利警察的行列，開始穿上黑制服、斜掛白色子彈帶，在城鄉値勤，卻一直不知道自己究竟在忙什麼。九月八日之後，他奉令去抓捕一批逃兵的父母。後來有一天，卻聽說他自己也要被驅逐出境了，只因爲他自己屬於親王派。於是，他逃走了。起初游擊隊員希望警察自裁了事，因爲他逮捕過逃兵的父母；後來，他們覺得這個警察只不過是個可憐蟲，便將他送進德歷托的支隊。反正，沒人要的分子就會被送進德歷托的支隊。

「一九四〇年的時候，我人在拿坡里，所以我很清楚！」警察說，「全是那些學生在惹禍！他們舉著旗子和標語牌，喊著『馬爾它和直布羅陀』，而且要求可以一日吃五餐！」

公爵猛然啐了一口，摸了摸他的奧地利手槍。「警察全是豬，豬玀，豬養的！」他咬牙切齒說道。在他的家鄉，民眾和警察之間存有一段長久的鬥爭史。警察在路邊的聖壇旁邊遇刺被殺。

警察抗議了。他喘著氣，在他細小的眼睛和偏低的額頭前方揮動粗大的農夫手掌。

「我們警方是和他們作對的！是的，老兄，我們是和學生最喜歡的戰爭作對！我們努力維持秩序啊！不過寡不敵眾，戰爭還是發生了！」

曼奇諾站得稍遠，看來一副提心吊膽的模樣。他正在翻攪鍋子裡的米飯。如果沒有充分翻攪，米飯會黏成一團。這時候，他不時聽見別人的談話片段。當人們在議論政治的時候，曼奇諾總是想要加入發言——因爲他覺得別人什麼都不懂，唯有他自己可以把一切解釋清楚。不幸這時他不能離開鍋子，只能絕望跳腳，扭動雙手。「資本主義啊！」他反覆嚷道，「布爾喬亞的剝削啊！」他似乎想爲眾人出主意，無奈他們卻拒絕聽他的說詞。

「在一九四〇年，在拿坡里，」警察解釋道，「學生和警方之間的衝突非常嚴重呢！如果一切能夠按照我們警方的想法去做，戰爭就不會發生了！可是啊，學生偏偏想要把市政廳燒掉！墨索里尼迫不得已，只好發動戰爭囉！」

「可憐的墨索里尼老兄呀！」旁人訕笑著。

「你去死，你的墨索里尼去死！」公爵吼道。

廚房傳來曼奇諾的嗓音。他哀道，「墨索里尼啊！帝國主義的布爾喬亞啊！」

「市政廳耶，學生他們想要燒掉市政廳喔！所以，我們警方又能怎麼辦呢？如果我們擺平他們就好了，那麼墨索里尼絕對不必發動戰爭啊！」

曼奇諾分身乏術。他的職責在於照顧鍋子，但是他又好想抽身，與眾人討論革命。他哀叫不休，後來終於引起長腳紀納的注意。曼奇諾示意長腳紀納走近。長腳紀納以為廚師要他嘗嘗米飯的味道，便上前幫忙。曼奇諾喊道，「帝國主義的布爾喬亞啊！……你，告訴他們，發動戰爭的人就是中產階級，全為了他們的市場！」

「噢，你去死吧！」長腳紀納說罷，又轉身回去了。曼奇諾的言論一直讓長腳紀納覺得煩得要死。紀納聽不懂曼奇諾所說的話──他不知道什麼是布爾喬亞，不理解什麼是共產主義，這個要求人人工作的世界也不讓他感興趣。他只希望世界上的每個人都可以照自己的喜好行事，而且工作量越少越好。

「自由企業最好啦，」長腳紀納打著呵欠說道。他猛然躺回高山玫瑰間，將手伸進長褲裡搔癢。「我主張自由企業。每個人靠著自己的努力，都可以自由致富。」

警察這時正在解說他的歷史觀。他認爲有兩種力量相互鬥爭著：一方是警方，他們貧困可憐，只想維持秩序；另一方是學生、大人物、「騎士」、律師、醫生、「評論家」，這些人的豐厚收入甚至是警察無法想像的，可是他們仍不滿足，反而發動戰爭，藉此賺取更多錢。

「你們什麼都不懂！」曼奇諾喊道。他再也按捺不住，只好讓賓來看顧鍋子。「帝國主義是因爲生產過剩造成的啊！」

「回去煮你的飯啦！」眾人對他斥道，「小心點，這一次不要讓米飯黏成一團了！」

不過曼奇諾已經站在眾人之間。他矮小的身子穿著過大的水手裝，肩膀上沾滿老鷹的鳥屎。他揮動拳頭，說個不停。他從財政上的帝國主義說到軍火交易，又提及全球的革命。他認爲戰爭之後，就是全球革命的時代，就算英國和美國也逃不掉。國際將沒有邊界，紅旗四處飄揚。

眾人躺臥在高山玫瑰之間，削瘦的面孔長滿雜亂的鬍鬚，長髮蓋住了額頭。他們穿著古怪的制服，看來傾向髒污的灰色。他們穿著消防隊員、法西斯分子或是德國人的衣袍，只不過徽章都拔去了。這些人匯集在此，都出自於不同的原因——許多人是法西斯陣營的逃兵或是放出來的囚犯，有些人都還是孩子，只因爲意氣用事，便懵懵懂懂想要反抗這個世界。

他們全都討厭曼奇諾。曼奇諾只會在言詞辯論上頭逞威風，卻不親自參加戰鬥。對他們來說，曼奇諾的言論聽起來毫無意義，因爲他們對於曼奇諾提及的敵人一無所知——比如說，資本主義者是誰啊？財閥又是誰啊？這就好像是墨索里尼鼓吹義大利民眾憎恨英國人和阿比西尼亞人（譯註：即非洲的伊索比亞人）一樣——義大利民眾其實根本沒有見過一海之隔的英國人和阿比西尼亞人！男人們拉曼奇諾加入他們，玩弄他窄小彎曲的肩膀，拍打他的大光頭，而老鷹在旁轉動憤怒的眼。

原來站在一旁的德歷托也走過來。他的機關槍在腿間晃動。「曼奇諾，回去顧你的食物。」

德歷托也不大喜歡空談。或者，該說他只喜歡討論戰術和武器。他喜歡提及法西斯分子新近使用的小型輕機槍，他喜歡告訴大家他多麼享受操控這項武器的感覺。不過，德歷托最喜歡幹的一回事就是發號施令，他喜歡命令大家找好掩護，而他卻獨自跳起來衝鋒陷陣。

「去啊，米飯快要燒焦了，難道你沒聞到？」人們對曼奇諾叫道，將他推開。

曼奇諾尋求政治委員的支持。「嗨，賈青托，你爲什麼不說點公道話？你以爲你在幹嘛呀？別人說得沒錯，我們這個支隊的確非常法西斯——居然不讓我討論政治！」

賈青托才從總部回來，但他還沒有宣布任何新消息。他只不過聳聳肩膀，喃喃表示：天黑之前，總部的政治委員就要前來巡視。聽了賈青托的話之後，眾人又躺倒在高山玫瑰間——既然總部的政治委員馬上就要來進行整頓，這時候要操心也來不及了。德歷托也覺得操心是沒意義的，反正總部的政治委員會告訴他將來的命運爲何。德歷托躺臥地上，雖然心裡多了幾分慌亂。他將樹葉撕成碎片。

曼奇諾向賈青托抱怨：在支隊裡，竟然沒有人出來教育大家身爲游擊隊員的意義，以及共產主義的目的！蝨子叢集在賈青托的腦袋上，他肚皮下方布滿的白色蟲卵黏附在每一根體毛上。賈青托忙著以指甲輕輕捏碎身上的蟲卵和蝨子，姿勢看來像是機器人。

「嗯，」他以屈從的語氣說話，彷彿不敢得罪任何人，甚至也不敢惹火曼奇諾。「我們人人都知道爲什麼自己成爲游擊隊員。我本來是個補鍋匠，經常在鄉間遊走，百里之外的人都可以聽見我的吆喝聲。婦女會提著破損的鍋子來找我修補。我常去拜訪她們的家，和僕人開玩笑，有時候她們會送我一些雞蛋或是一杯酒。可是，我現在再也不能下鄉了，因爲我會被人抓走；戰爭的大轟炸也把一切都毀了。所以，我們才成爲游擊隊員。如此一來，我們才能繼續當個補鍋匠，雞蛋和酒的價錢才會便宜，我們才不會再被人逮捕，再也不怕空襲警報。然後，我們就需要共產主義。施行了共產主義之後，我們就不會被擋在好人家的門外，我們再也不必趁夜深人靜的時候穿過養雞場，溜進好人家的屋子裡。施行共產主義之後，我們走進好人家的屋子裡就可以分到一碗湯，就算是補鍋匠也有湯可以喝。如果屋子裡的好人家正在吃聖誕布丁，那麼我們也有布丁吃。這就是共產主義的意義。舉個例子吧：我們這裡的人全身長滿了蝨子，害我們睡覺也不安穩。我剛剛在總部發現他們有殺蟲粉，於是我就對他們說，『你們都是偉大的共產黨員啊，爲什麼不送殺蟲粉給我們支隊呢？』他們聽了就說，他們同意送我們一些殺蟲粉。看，這就是共產主義的意義。」

眾人專注聽著他說，臉上表露贊同的神色。他說的話，任何人都可以聽懂。一名原本在抽煙的男子，這時將他的香煙傳給另一名同志。另一位準備站崗的男子保證他絕不會縮短自己的輪値時間，他會値勤一整個小時之後再休息。眾人開始討論即將送到的殺蟲粉——殺蟲粉果眞可以消滅蟲卵和蝨子嗎？或者，殺蟲粉只會讓蝨子暫時受驚，然而一小時之後醒來的蝨子會更變本加厲地咬人？

已經沒有人想要繼續談論戰爭。不過，表弟卻又引出新的話題：「你們愛怎麼講就怎麼講。反正根據我的想法，戰爭就是女人引起的！」

當表弟在談論女人的時候，他變得比曼奇諾還要無趣。幸好他無意說服任何人接受他的說法；看來，他獨自嘀咕就夠了。

「我在阿爾巴尼亞、希臘、法國和北非當過兵，」他說，「我在高山上待了八十三個月。我在每個國家都發現妓院，妓院裡擠滿女人，妓院外士兵大排長龍。我也看見士官專用的妓院，軍官專用的妓院。有些妓女會把士兵帶去田裡辦事，有些則回房幹活。那些女人成天等著士兵從營房走出來；蝨子越多、身體越髒的士兵，她們越喜歡。我有一次就被說服了，玩了一次，結果我離開妓院之後就染了淋病！此後三個月我想要小便的時候，都要扶著牆壁才尿得出來。我們身在異鄉，看到的女人全是妓女，沒有良家婦女。我們心裡唯一的安慰，就是想家、想念自己的女人，無論是老婆還是未婚妻，我們會安慰自己——好歹**我的女人**還過得不錯。結果呢，我們回家之後才發現啊，老兄，我們的老婆在老公不在家的時候，還忙著賺零用錢哩——她們到處和其他男人上床！我說的這回事，沒有人可以躲得掉，因爲每個人都要跟那些齷齪的動物打交道，那種動物的名字就是『女人』。」

大家都知道，表弟其實在說他自己的故事。當表弟出門在外的時候，他老婆到處和人上床，生了一堆父不詳的孩子。

「哼，眞相還不只如此呢，」表弟繼續說道，「你們可知道，我們的人爲什麼會被法西斯分子抓到嗎？因爲，我們所到之處的女人都是間諜，都是背棄自己丈夫的妻子。喝，這個時候，我們的女人都坐在法西斯分子的膝蓋上，還爲他們擦槍呢——法西斯分子就要用女人擦過的槍來殺我們啦！」

眾人已經聽夠了，便叫表弟住口。沒錯，表弟很不幸，他的老婆拋棄了他，跑去找德國人，而他自己則被迫躲進森林裡。不過，何必因爲表弟的遭遇就侮辱每個人的女人呢？

「女人啊，女人。我跟你們說，」表弟繼續固執說道，「每件壞事後面，都有女人在搞鬼。墨索里尼之所以發動戰爭，就是因爲貝塔奇姐妹的緣故……」

眾人嘲笑表弟的說詞。光靠貝塔奇姐妹的力量，墨索里尼不可能發動戰爭。

「你們看吧，」表弟又說，「女人只要進了一個地方，就會……你們懂我的意思。」

這時眾人卻不和他頂嘴了。他們知道表弟想說什麼，他們也想聽聽看他會胡扯到什麼程度。

「女人只要進了一個地方，愚蠢的男人馬上就會爲了女人發狂……」表弟說。表弟這個人喜歡和善對待每一個人；可是他嘴尖舌利，一旦有話想說，他就不怕得罪人。

「如果這個笨男人只是一般人，那也就罷了；不過，如果這個笨男人身負重責大任的話——」

大家盯著德歷托瞧。德歷托躺在遠處，不過他當然也在聽表弟大發厥詞。眾人有點擔心表弟將會口不擇言，引發恐怖的爭端。

「——笨男人居然爲著一個女人，而把屋子給放火燒了——」

完了，他說出口了——眾人想道——這下好戲要上場囉。如果好戲終究要上場——他們會說——以這種方式上場也不錯。

不過，這時眾人的頭頂上卻響起轟隆吼聲——整個天空都充滿了飛機啊！眾人將注意力轉移到頭上。原來是一大群轟炸機。不久，有些城鎮就要被炸垮了；當轟炸機飛回雲端之後，這些城鎮就會陷入煙霧中。在空中的吼聲裡，賓可以感覺大地動搖；他相信有千百斤的炸彈在他頭上凌空飛掠。這時，舊城一定忙著驅散民眾，大家都擠進泥濘的防空洞吧。南方傳來擲落炸彈的巨大聲響。

賓看著德歷托起身，站在高處，透過望遠鏡凝視山谷。賓跟在他身後。德歷托一面調整望遠鏡，一面露出邪惡悲傷的微笑。

「可不可以借我看一下，德歷托？」賓問道。

「拿去吧，」德歷托說著，便將望遠鏡遞給了賓。

透過上色的鏡片，影像並不清晰。賓慢慢才在望遠鏡中看見朝向海洋沉降的山丘頂部，以及一朵上升的白雲。他聽見更多爆炸聲。轟炸仍然沒有停止的跡象。

「好哇，把一切都炸掉吧！」德歷托拍手吼道，「先把我家炸掉吧！衝下去啊！先把我家給炸掉吧！」

第九章

費里拉隊長和總部的政治委員金姆，在接近傍晚的時分抵達。外頭的霧氣縷縷昇起，像是關上一扇一扇門之後掀起的塵埃。穀倉裡的人們蹲在營火以及總部來的兩名男子前面。大家傳著一包煙，未久香煙就被取光了。他們的話不多。費里拉是個粗壯的年輕漢子，戴了頂高山帽，留了一小把金鬍子，一對眼睛又冷又亮。他的目光不時穿透半闔的眼皮閃動著。金姆則是個瘦皮猴，臉孔又紅又長，不時嚼著他自己的鬍髭尖。

費里拉是出生山間的工人，他的天性冰冷而清澈。他聽人說話的時候，總是露出表示同意的微笑——雖然他早已經打好自己的主意：部隊該如何部署、重機槍應該設在何處、迫擊炮該在何時開炮，他心裡早就有譜。對他來說，游擊戰就像機械一樣精確。他來自山間，山上的工廠錘煉了他的革命熱情。他的勇氣和聰敏在他所知曉的各個領域充分發揮。

金姆則是一位學生。他致力追求邏輯的合理性，要求釐清因果關係，不然他的腦袋裡會時時刻刻塞滿無解的問題。他對人類懷抱無窮的興趣；也難怪，他是醫學院學生。他知道一切答案就在於人體細胞的蠕動行爲中，而不在於哲學思維。他將會成爲心理專家，精神科醫師。人們並不是很喜歡金姆，因爲金姆總是定眼直視他人的眼睛，彷彿想要看穿別人的心思。他會突然提出與對話內容完全不相干的話題，諸如對方的童年或愛情生活。他也相信在人類背後存有巨大的階級運動機器——日復一日的細瑣行爲養活了這座機器，其餘的細瑣行爲卻了無痕跡。歷史的機器。不管是在歷史環境還是在人類思維的領域中，一切合乎邏輯，一切都該被人理解。不過，歷史和人心之間卻仍然存有一條鴻溝，是一塊黑暗地帶。在黑暗地帶，群體的理由化爲個體的藉口，光怪陸離的偏差產生，無可預知的遭逢難免。金姆每一天在各支隊之間巡視，STEN槍掛在肩上。他和諸多政治委員以及隊長談話，審視士兵，研判每個人的位置，喜歡將所有的問題析分爲「A，B，C」三個部分加以解說。一切都該一清二楚，一目瞭然。

這時大家群集在費里拉和金姆身前，詢問關於戰爭的消息、前線的遙遠戰火、鄰近的威脅，以及他們自己的運命。費里拉向眾人解釋，英國兵已經在南方停駐了好幾個月；大家開始咒罵英國人，認爲英國人似乎只會轟炸義大利人的家園，卻不懂得進攻，甚至不曉得空投一些補給品給他們。接著，費里拉又告訴他們當日的大新聞：有一支德國軍隊已經進佔山谷，掃遍山脈；德國人知道游擊隊的營區在哪裡，即將放火燒掉周遭的屋舍村莊。不過，在天亮時，營部的兵力就會移向山頂，其他營區也會前來支援。屆時，德國兵就會驚覺所有的道路都陷入槍林彈雨，只好被迫撤退。

眾人全都躁動起來。他們的背脊顫抖，緊握彼此的手，咬牙吐出一些話語——他們已經感受戰火，臉孔已然緊繃、呈現戰鬥的表情，他們摸索兵器、感受鋼鐵的觸感。

「德國人也發現火災。所以他們要過來找我們了。」有人說。德歷托站在一邊，搖晃的火苗照映他垂下的眼簾。

「火災，是啊——火災，是啊。不過，德國人能夠找到我們，還另有原因。」金姆說道，慢慢吐出一口煙。眾人靜立不動。德歷托抬起眼睛。

「我們被一個自己人出賣了。」金姆說。氣氛凝重起來，彷彿一陣風切進每個人的骨頭裡。背叛之風，又冷又溼，宛若來自沼澤地。

「誰出賣了我們？」

「痞利。他溜去黑衫軍那裡。就是這樣，他自己投敵，並不是被對方抓去。因爲他的緣故，我方被關的四個人已經被槍斃了。我方被捕的每一個人在接受審問時，痞利都有參與。而且痞利不放過任何一個自己人。」

聽聞這種消息，眾人的血液絕望結凍，無法理智思索。才不過幾個晚上之前，痞利還跟大家同在。痞利還說，「聽著，我要告訴你們一個大行動，大家可以幹一票！」記得以前痞利替即將上戰場的機關槍上油時，總會發出喘息聲；現在大家聽不見他的喘息，竟覺得不自在了。痞利不在這裡，反而在城裡的禁區！他的黑帽上頭別了好大的死神徽章，他揮動漂亮時興的武器，他再也不怕巡邏的差事，他再也不會因爲內心驚恐而慌張失措。以往，他受苦於內心的驚恐，總是眨著凍紅的眼珠子、舔著滴流口水的嘴唇；現在，他內心的驚恐不再折磨他自己，反而用來對付他以前的同志。然而，他向昔日同志痛下毒手，卻不是出自恨意或積怨——他似乎是和朋友賭一把，卻以死亡作爲賭注。

賓突然想起自己的手槍。說不定痞利已經找出賓的槍了——痞利常常帶女人去河床找樂子，所以他對那一帶的路徑一清二楚。這時候，痞利大概已經將賓的手槍上油了，手槍閃閃發亮，掛在痞利的黑衫軍制服上面，一如痞利的其他槍械一樣。說不定痞利其實說了謊——他說他知道蜘蛛巢穴的位置，只不過是一個藉口。他可以藉此溜到城裡去出賣同志，以此得到幾無噪音的新式德國槍械以爲報酬。

「我們現在就要殺了他。」眾人相互叮嚀，似乎接受了一種既定的命運。或許人們的心底反而祕密期望痞利在翌日歸來，而且帶回一堆新武器——如此，痞利就可以繼續和大家進行一場私密的戰爭，玩一場野蠻遊戲。

「紅狼同志已經進城組織GAP對付痞利。」費里拉輕笑說道。

「我也要加入，」許多人說道。不過費里拉說，這時大家應該專心準備次日的戰役，因為即將到來的戰役將有決定性的意義。眾人解散，各自準備自己的軍火、進行指派的工作。

費里拉和金姆將德歷托喚到一旁。

「關於火災，我們獲得一份報告。」他們說。

「就是那樣發生的。」德歷托說。他無意為自己辯護。這時一切都無所謂了。

「有人該為火災負起責任嗎？」金姆問。

而德歷托說，「全是我的錯。」

費里拉和金姆嚴肅看著德歷托。德歷托心想，他好希望脫離游擊隊、躲在一個只有他自己知道的地方，直到戰爭終了。

「你有什麼需要報告的地方嗎？」兩人質問他——他們的耐性讓人提心吊膽。

「沒有。事情就是那樣發生的。」

這時，兩人可能會說「你滾蛋！」或「我們要斃了你！」結果，卻沒有。費里拉反而說，「好吧。我們改天再談這件事。德歷托，你身體如何？」

德歷托的黃眼珠盯著地面。「我病了，」他說。

「你明天一定要好起來。」金姆說。「明天的戰役對你來說也很重要。非常，非常重要。你好好想想。」

兩人並沒有把目光從德歷托身上移開。德歷托心中升起一種慾望——想要讓自己隨風而逝。

「我病了，」他說，「我病得很重。」

「好，」費里拉說，「明天你必須沿著貝雷格里諾山頂行進，瞭解嗎？在第二個澗谷，你會接到行動命令。你要將每一班隊分派開來。機關槍和槍炮手、來福槍手要一起行動，必要時可以一起出擊。每一名單兵都要加入戰鬥，沒有例外，就算是補給兵、就算是廚子，也要加入戰鬥。」

德歷托領受這一番話，頻頻點頭表示服從，卻又偶爾搖動腦袋。

「沒有例外，」他喃道，「就算廚子也不例外？」他專注聽候吩咐。

「天亮的時候，你們全部都要在山頂上，全員到齊。你瞭解了沒？」金姆看著德歷托，嘴裡嚼著自己的鬍。「德歷托，你確定你果眞瞭解了嗎？」

金姆的聲音裡簡直存有一絲慈悲——不過，說不定只是一種勸說的手段。畢竟重要的戰役即將到來。

「我病了，」德歷托說，「病得很重哪。」

*

金姆和費里拉沿著暗黑的山邊行進，前往另一個營區。

「眞是離譜，你都看到了吧，金姆？」費里拉說。

金姆搖頭。「不，並不離譜。」他說。

「其實是很離譜！」費里拉隊長說，「你將一群完全不值得信任的傢伙組成一隊，實在很離譜啊！他們這一支隊的隊長尤其讓人信不得。你看，發生了什麼事！如果我們將他們這一支隊解散，把每一個兵安置在其他表現良好的支隊裡，說不定反而可以讓他們走上正軌。」

金姆繼續嚼著他自己的鬍鬚。「對我而言，」他說，「他們反而是最讓我開心的支隊。」

至此，費里拉幾乎要發脾氣了；他抬起冰冷的眼，搓了搓額頭。「可是，金姆，你什麼時候才會瞭解——我們是要打仗啊，並不是要作實驗！我知道，你觀察那些人的反應時，可以獲得科學研究的樂趣——支隊中的每個角色都按照你的心意安排，其中有無產階級，有農民，還有你所說的『下層無產階級』（譯註：詳見〈作者自序〉之譯註）……依我看，你應該進行的政治工作是讓他們打成一片，讓欠缺階級意識的人也可以產生階級意識；爲了達到這種理想的境界，我們卻……當然啦，不見得具有軍事價值……」

金姆一時表達不清意見，只得搖搖頭。

「胡說，」他說道，「胡說。這些人都是以同樣的衝勁進行戰鬥……嗯，是不一樣的衝勁……他們每一個都各有各的衝勁……反正他們現在是聯合起來了，一起戰鬥……有德歷托，有痞利……你不瞭解他們要花多大的代價……嗯，他們也有同樣的衝勁……任何一件小事就可以救了他們，也可以毀了他們……政治工作就是這樣……是要提供一種意義給人們……」

當金姆在一群人面前說話、分析情勢的時候，他絕對可以條理分明，辯才無礙。可是，當他像這樣只對一個人說話的時候，他說的話卻會讓人頭暈。費里拉看待事情的態度比較簡單。「好吧，我們就給他們一點意義吧，就按照我說的方式來組織他們。」

金姆吹開鬍鬚。「注意，他們不是一支軍隊。他們不是士兵——你不能對他們說：這是你們的任務……你不能和他們談任務，你不能和他們談論『國家』、『自由』、『共產主義』之類的理念。這些人不想聽理念——任何人都可以有理念，他們也有其他層面的理念。你有沒有注意到：當那個極端主義的廚子開始講道時，發生了什麼事？他們對廚子大吼，把他修理一頓。他們不需要理念，不需要神話，不需要吶喊『什麼萬歲』。他們打仗，他們犧牲，但是他們嘴裡不會吐出理念。」

「那麼，他們爲何而戰？」費里拉問。他知道自己爲何而戰——他將一切都想得極端清楚。

「嗯，」金姆說，「在這個時候，許多支隊正靜靜爬向他們的指定作戰位置。明天，他們之中將有許多人傷亡。他們也知道自己的命運。既然如此，他們爲什麼要過這樣的生活？他們爲何而戰？嗯，首先來看住在山上的農民，他們的處境比較容易解釋。德國人燒了他們的農村，搶走他們的牲畜。他們的戰爭出於基本的人性需求：爲自己的家國而戰——這些農民的確是有家國。所以他們加入我們，不分老少，帶著他們的老獵槍和舊彈袋，整個村子都來了——我們爲他們的家國作戰，於是他們與我們同在。保衛家國對他們來說，是一種嚴正的理念，超越了他們本身，理念就是目的；他們爲了作戰，甚至可以犧牲自己的家園和牲畜。不過，另有一些農民的家國觀念卻是自私自利的：他們心裡念著『自己的』牲畜，『自己的』家園，『自己的』農作。爲了保有自己的財物，他們便成爲間諜，成爲法西斯分子……於是，有些村莊完完全全成爲我們的敵人。此外，還有工人。工人另有背景，他們關心酬勞、罷工、工作，以及並肩作戰的抗爭。工人形成一種階級。他們知道生命中還有更美好的事物，於是他們戰鬥，追求更美好的世界。他們也有『家國』，一個等著被征服的『家國』，他們進行戰鬥就是爲了征服。城裡的一些工廠，將來就會屬於工人了；他們已經看見工廠牆上的紅字，以及工廠煙囪上頭飄揚的旗子。但他們一點也不曾多愁善感——他們認清事實，知道如何改變現狀。比如說，紅狼。你知道我的意思嗎？看看紅狼！另外，還有一些知識分子和學生吧，雖然人數不多，零零星星的。他們腦袋裡的理念往往是模糊扭曲的。他們的『家國』是由文字組成，頂多建築在某些書本上頭罷。不過，當他們也進行戰鬥的時候，他們發現文字再也沒有任何意義，他們對於眾人的抗爭有了新的認識，他們繼續戰鬥卻再也不向自己質問——最後，他們會發現新的文字，也會拾回舊的語言。舊的文字已然歷經改變，具有不可置疑的意義。此外，還有誰呢……外國的囚犯。他們從集中營逃出來，加入我們的陣營；他們是爲眞實具體的『家國』而戰，他們想要返回遙遠的國家，正因爲國家遙遠所以國家才屬於他們。不過，到頭來，我們的戰爭是不是只是象徵符號的鬥爭呢？當一個人在屠殺德國人的時候，他的心裡必須將眼前的德國人轉化成另一種替代品才行嗎？必須經過這種替代的過程，他才能夠動手殺人？難道所有的人事物都必須變成中國人的皮影戲，變成神話才行？」

費里拉揪了揪他的金鬍子。他在金姆的這一番話裡，聽不出什麼意義。

「事情不是這樣的，」他說。

「嘿，事情不是這樣，」金姆繼續說道，「我也知道。事情不是這樣的。因爲，他們身上還有一些共同的特色。看看德歷托的支隊：有小偷，有警察，有退役士兵，有黑市分子，各種窮困潦倒的人——他們是社會邊緣人，苟且存活下來，不想捍衛什麼，也沒有什麼可以失去。他們要不是在肉體上有缺陷，或是心存執念，再不然他們就是瘋子。革命理念不會在他們身上出現，雖然他們一起承受歷史巨輪的壓迫。就算他們身上產生了革命理念，這樣的理念也將是畸型的，是出自憤怒與羞辱的產物——看看那個極端主義的廚子吧，他說出來的話就像是他那隻老鷹的啼叫。那麼，他們爲何而戰？他們沒有『家國』——沒有眞正的國家，也沒有想像的國家。但是你知道，他們身上有勇氣，也有怒氣。那份怒氣，來自於他們從小拖行到大的仇恨，這份仇恨之心可能仍然熾熱，也可能潛伏著。這份仇恨，出自於他們污垢的生命，出自於他們骯髒的家庭，出自於他們從小到大的淫穢經驗。他們非敗壞不可。這一切，都轉化成仇恨。無名無狀，欠缺目的，麻木的仇恨。在操控機關槍的時候，在逼迫囚犯自掘墳墓的時候，在苦苦渴望與敵人搏鬥的時候，這份仇恨就會表現出來。此時，任何一件小事，錯誤的一步棋，或暫時的衝動，都足以將他們從我們的陣營彈送到敵方，投入黑衫軍。痞利就是一個例子。他在敵方，以同樣的仇恨，同樣的憤怒開槍殺人。他和哪一邊作對，一點也無所謂。」

費里拉鬍鬚下的嘴巴喃喃說道，「所以你認為，我們的精神——和黑衫軍——是同一回事？」

「是同樣的，是同樣的……不過，如果你瞭解我的意思……」金姆停下來，舉起手指，彷彿撫按著書頁。「是同一回事，卻是不同的方向。我們這裡是正確的方向，他們那邊是錯誤的方向。我們這裡可以達成目標，他們那裡卻只會惡化問題。歷史悠久的仇恨之心，壓住德歷托的手下，壓在我們所有人的頭上，你我都無法倖免，只能透過開槍殺敵來宣洩。法西斯分子也是這樣的。可是，對我們來說，什麼都沒有浪費，沒有浪費一個手勢，沒有浪費一顆子彈，雖然我們的手勢和子彈可能和對方一樣——你明瞭我的意思嗎？——由於我們的努力，雖然我們自己未必能夠享受自由，但是我們的子孫卻終將獲得自由，後代可以建立一個心平氣和的世界，沒有仇恨的世界，沒有人會變壞走樣的世界。至於敵方，他們在浪費他們的手勢，他們的仇恨毫無意義，就算他們果眞打了勝仗也是浪費，也沒有意義。他們並不是在創建正面的歷史，他們並沒有努力解放自己，他們只不過在重複、延續既有的憤怒和仇恨。十年，百年或千年之後，歷史又要重演，又將是我方與對方之間的鬥爭。對抗的時候，我們的眼裡都會冒出無名的怒火，雖然我們依然懵懂無知，但**我們**勢必是為救贖而戰，**他們**卻只是努力維持他們的奴役身分。這才是目前鬥爭的眞正意義，眞正的、絕對的意義，超越各種官方說法的意義。一種基本的、難以明說的慾望，目的在於滌清我們承受的一切屈辱：工人要脫離剝削、農民要擺脫無知、小布爾喬亞要掙開禁忌，流亡者要終結腐化的生活。我相信，我們的政治工作是要利用人類的苦難來診治苦難本身，以此求得我們自己的救贖。法西斯分子卻是利用苦難來強化苦難，讓人繼續殺人。」

在一片黑暗中，只看得見費里拉的藍眼睛以及他鬍子的黃色微光。他搖了搖頭。他並沒有感受到金姆所說的仇恨。費里拉就像機器一樣精準，像登山家一樣實際。對他來說，鬥爭過程就像一件精準的機器，而他就熟知機器的運作和功用。

「看起來眞是不可思議，」費里拉說，「看來眞是不可思議。你的腦袋裡裝滿胡言亂語，可是你竟然能夠成爲一位不錯的政治委員，而且可以對眾人清楚演說……」

費里拉不能理解金姆，可是金姆並不會因此而不高興。和費里拉這樣的人說話，措辭一定要明白準確。任何論點都要分成「A，B，C」三段加以解析。說不明白的事情就等於「鳥蛋」——對他們來說，曖昧和黑暗地帶是不被允許的。金姆的推理方式卻不同於費里拉，所以他相信自己比費里拉來得高明。可是，這時他也想以費里拉的方式進行思考，只去審視費里拉所見的簡化眞實。

「好吧，就在這裡分手了。」他們走到小徑的叉路。費里拉將要前往甘爸的支隊，而金姆要去巴雷諾那裡。他們必須分開行動，才能夠在戰前一夜巡遍每一支隊。

其他的事都無所謂。金姆隻身前行，細瘦的STEN槍從他肩膀垂下，像一支折斷的手杖。其他的事都無所謂了。黑夜裡的樹幹恍惚像是奇異的人形。人終其一生，都背負著孩提時代以來的恐懼。「或許，」金姆想，「如果我不是總部的政治委員，我也會害怕吧。人存活的終極目的，就是不再害怕。」

當金姆在分析各支隊政治委員的處境時，他很講求邏輯。可是，當他獨自前行，自我解析的時候，他認知的事物卻變得神祕離奇了，生命似乎充滿奇蹟。金姆想，人們的腦袋裡仍然盛裝著魔法與奇蹟吧。有時候，他覺得自己在象徵符號的世界裡行走，一如他自己的名字所提示。印度中部的小金姆。他從小就經常重讀吉卜齡的那本書。（譯註：吉卜齡〔Kipling, 1865–1936〕，英國詩人、小說家，曾獲諾貝爾獎，《金姆》〔*Kim*〕爲其著名作品。）

「金姆……金姆……金姆是誰……？」

戰役前夕，金姆穿山越嶺。他身爲富人之子，度過苦悶的童年以及羞澀的青春期，此時的他——金姆思索著——對於生死的看法是否正確了些？好吧，他的想法是合乎邏輯的，他可以精細完美分析任何事物——可是，不，他一點也不心平氣和。他的父母卻是心平氣和的，他的父母來自不得了的中產階級家庭，創造了他們自己的財富。無產階級也是心平氣和的，因爲他們知道自己需要什麼。農民也是心平氣和的，他們爲了自己的村莊而擔負看哨工作。然而金姆可將有心平氣和的一日？終有一日吧，或許，假如我們全都達至心平氣和境界的話。我們目前所知不多，反正我們終將瞭解一切。此時，我們仍然在並不存在的事物上頭施加了太多重量。

這裡的人們仍然有著困頓的眼，憔悴的臉。雖然，金姆開始喜歡這批傢伙了。比如說，德歷托支隊的那個小男孩。他叫什麼名字呢？一股怒火就要吞掉那男孩的雀斑臉，就算他笑的時候，怒火仍在……聽說他是個妓女的弟弟。他爲何而戰？少年不知道，戰勝之後，他就再也不是妓女的弟弟了。還有，那些卡拉布里亞的男人們。他們作戰，如此一來他們再也不是被人瞧不起的南方人了。還有警察。他加入作戰，之後他就再也不像個警察了，再也不要去追殺像他一樣的可憐人。還有表弟。善良的，高大的，魯莽的表弟……人人都有私密的傷口，我們作戰就是爲了療傷啊。費里拉也需要療傷嗎？是的，就算是費里拉也要療傷。費里拉沒有辦法讓這個世界合乎他的心意，這就是他的傷痛。不過，紅狼卻不必療傷。因爲紅狼所想望的一切都可能實現。紅狼學會追求應該追求的事物，也就是政治工作。他也懂得讓自己需求的事物合乎正當，亦即政治工作，政治委員的工作。

或許，有一天——金姆想道——我再也不會瞭解這些事物了。我會變得心平氣和，我可以用全然不同的方式來認識人類。或許我認識人類的方式將更公平呢。嗯，我那時再也不說「或許」了，我的體內將不會存有任何「或許」。我要槍斃德歷托。現在我和他們太親近了，和他們纏在一起。也和德歷托纏在一起。德歷托總是落得表現惡劣的下場，我知道他一定深受折磨。表現惡劣，最是傷痛的一回事了。我還是小孩子的時候，我曾經把自己關在房裡達兩天之久，一句話也不說。我受盡折磨，可是我就是不肯打開房門——大人只好爬上梯子，爬進窗戶，將我抓住。我希望大人可以安慰我，瞭解我。德歷托也有同樣的感受吧。可是他知道，我們會斃了他。他根本希望自己被槍斃。這種妄想，有時候會纏住人心不放。還有痞利。痞利這時候在幹什麼？

金姆走過一片落葉松樹林。他想起痞利。痞利在城裡巡邏守更，帽子上還別了死神的徽章。痞利一定是孤獨的。孤獨面對他自己無可名狀的謬誤恨意。孤獨面對他的背叛行徑，他的背叛咬噬他自己；為了證明他自己的背叛是正確的，他會成為一個更不正確的人。他會在燈光管制的時刻開槍射貓取樂，甚至只是出於一時憤怒。他的槍聲會驚醒鄰近睡著的居民。那些人會從睡床上驚跳起來。

金姆心想，德國人和法西斯的軍隊可能已經進犯山谷了，向晨光走去。山頂的晨光將會把死亡的氣息澆灌在眾人的頭顱上。失去手勢的軍隊。有一名睡在卡車上的士兵因為卡車顛簸而驚醒，他在驚醒的一瞬想著：「我愛妳，凱特。」其實再過六、七個小時之後，這名士兵就將死去。我們會殺了他。就算他未曾想過「我愛妳，凱特」這句話，他的命運也不會改變。他的一切作為一切思考都將落失，在歷史中消跡。

而我呢，我徒步行經落葉松樹林，我踏出去的每一個腳步都是歷史。我想著「我愛妳，雅菊亞娜」——這就是歷史，將會造成巨大的影響。明日我在戰場上，就會像個曾經想過「我愛妳，雅菊亞娜」這句話的男子漢。或許我不會做出任何偉大作爲，不過歷史本來就是由許多微小無名的手勢所組合起來的。我可能在明日死去，甚至比那名愛上凱特的德國人還要早死，可是我在死前所做的一切以及我的死亡本身都是組成歷史的零件，我現在所有的思緒都將會影響我明日的歷史，人類明日的歷史。

這時，與其像小時候的我一樣逃入幻想之中，我不如面對事實。我應該爲這場戰役的細節進行心理研究，細審武器與兵士的部署。可是我喜歡想著那些傢伙，研究他們，發掘他們身上的奧祕。例如，他們「之後」將做出什麼呢？來日在戰後的義大利，他們可否能夠辨識出他們曾經幹下的作爲？我想，紅狼將會懂的；我很好奇，如果紅狼將他的認知化爲實踐，他將會幹出什麼好事出來？當突發的攻擊或逃難不再必要的時候，紅狼將會如何運用他的冒險機巧精神？我們都該像紅狼一樣。另一方面，也有些人的莫名恨意將會持續下去，他們會再度成爲個人主義分子，之後湮滅。他們會身陷犯罪之路——犯罪往往是愚昧恨意的發洩孔。他們將會忘記自己曾經和歷史並肩同行，歷史的空氣曾經流穿他們咬緊的牙齒。前法西斯分子會說，「噢，游擊隊同志啊！我早就告訴過你啦！我早就看清了！」

而他們永遠看不清任何事，以前不行，以後也不可能。

終有一日，金姆會心平氣和下來。這時他心裡一片清澄。德歷托，賓，卡拉布里亞的男人們。金姆知道應該如何和他們應對，沒有懼怕也不必憐憫。有時候當他在夜裡行走，幽靈的迷霧似乎會在他周遭凝聚，彷若空中的霧氣一般。然而他畢竟是個性好分析的人。「A，B，C」，他以這種方式對其他的政治委員談話。他是掌控局勢的人。「我愛妳，雅菊亞娜。」

山谷裡盡是霧氣。金姆沿著一條石子路前行，彷彿身置湖濱。落葉松在霧中幽幽顯現，像是泊船的木樁。**金姆……金姆……金姆是誰**？他覺得自己像是小時候故事書裡的主人翁：身上一半是英國人、一半是印度人的少年，旅行穿越印度，尋找那條淨身之河。

兩個小時之前，他才和德歷托那個撒謊家以及妓女的弟弟說過話。這時，他已經來到巴雷諾的支隊了，總部最好的支隊。巴雷諾掌有一班俄國人，他們本來是在前線負責建築工事的俘虜，後來才逃到巴雷諾這裡。

「來者何人？」

是哨兵。是個俄國人。

金姆報出自己的名字。

「政治委員，有消息嗎？」

對方名叫阿雷克斯杰，是農奴之子，本來是學工程的學生。

「阿雷克斯杰，明天將有一場戰役。」

「戰役？上百個法西斯分子『嗝屁』囉？」

「阿雷克斯杰，我不知道多少人『嗝屁』。我甚至不知道多少人活著。」

「政治委員，鹽和煙草。」

「鹽和煙草」是義大利俗話，阿雷克斯杰對這句話很有印象。他反覆說個不停，像口頭禪，又像護身咒。

「鹽和煙草，阿雷克斯杰。」

明天將有一場大戰。金姆覺得心平氣和。「A，B，C」，他如是說。他反覆想道，「我愛妳，雅菊亞娜。」這句話，光憑這一句，就足以成爲歷史。

第十章

黑暗的凌晨，天光未亮，可是德歷托的支隊已經在穀倉外沉靜集合，準備出發。他們在肩膀上圍了毛毯——待會，他們就要在天亮之前爬到山頂巨石上，那裡可是非常冷的。他們此時無暇思索即將遭逢的命運；身上的毛毯反而讓他們牽掛。逃跑的時候，會不會丟了毛毯呢？當他們受傷瀕死的時候，毛毯是否會吸飽他們的血？法西斯分子會不會將他們的毛毯奪走，送進城裡當作戰利品展示？不過，在這節骨眼上，何必在乎毛毯呢？

他們可以聽見敵軍行進的聲響，聲響從他們頭上傳來，一如來自雲端。巨大的車輪在塵土路上前行，車前燈沒有打開，長程跋涉的疲倦士兵詢問他們的隊長：還要走很久嗎？德歷托的支隊低聲耳語，似乎擔心敵軍就在穀倉牆外行進。

這時，眾人正在嚼食鐵皮罐裡的水煮栗子。下一頓飯在哪裡？沒有人知道。這一次，廚子也要加入作戰；他一面用瓢子分發栗子，一面低聲詛咒。他睡腫了眼，再也不談革命。姬麗雅也起床了，四處游蕩，找不到什麼可以幫忙的事。曼奇諾不時停下手邊工作，瞄她一眼。

「嘿，姬麗雅，」曼奇諾說，「妳一個人留在這裡可不安全。天知道會發生什麼事。」

「那麼，你要我往哪裡去？」姬麗雅問。

「妳穿上裙子，找一個村莊待下來。沒有人會對女人動手腳的。德歷托，不要讓姬麗雅一個人留在這裡。」

德歷托一口栗子也沒吃。他豎起領子，幾乎無語，指揮眾人進行出發前的準備工作。他沒有抬頭，也沒有立即回應曼奇諾。

「不，」德歷托終於吭聲了，「她最好待在這裡。」

姬麗雅瞟了自己的老公一眼，好像想說「你看吧！」眾人覺得她礙手礙腳，便向她吼：「別擋路啦，」於是她只好回穀倉睡覺。

賓也讓人覺得礙手礙腳。他像是一隻旁觀主人準備出門打獵的獵犬。

「戰役呢！」賓想道，試著振奮自己，「馬上就有一場戰役了！」

「嘿，」賓問賈青托，「我該帶什麼啊？」

這名政治委員並沒有留心賓說的話。「什麼？」賈青托問。

「我該帶哪一把槍？」賓問。

「你？」賈青托嘆道，「你不可以去。」

「我要去打仗。」

「你別擋路。這一次作戰，不可以帶小孩去。德歷托也不會希望你去。你滾蛋吧。」

賓很憤怒。他要赤手空拳跟在前往戰場的大人身後，在他們背後開玩笑，看看他們會不會轉身斃了他。

「德歷托，德歷托，你眞的不讓我去打仗嗎？」

德歷托沒有回答。他細細抽了幾口煙，看似啃咬著煙。

「你們看，」賓說，「德歷托會讓我上戰場啦。」

賓想，我的後腦勺馬上要被敲一記了。不過，德歷托並沒什麼反應。

「德歷托，我可以加入作戰吧？」

德歷托抽著煙。

「德歷托說我可以去，你有沒有聽到啊，賈青托？」賓喊道。

德歷托馬上要吭聲了——他會說——賓，你住嘴，你留在這裡——

然而，德歷托什麼也沒說。怎麼回事啊？

賓大聲說道，「好，我也要去打仗啦！」

他走向堆放槍械的地方，有些武器還沒有分發出去。賓吹著口哨，想要引起別人注意。賓選了一把最輕的來福槍。

「那麼，我就拿這一把囉！」賓大聲嚷著。

「這一把槍有人要用嗎？這一把槍喔！」

沒人理他。賓取槍走回穀倉前面，抓著槍帶前後甩動。他坐在地上，德歷托的正前方；他開始測試這把槍的插銷、撞針、扳機。賓感情濃厚唱道，「我有一把槍——我有一把槍——」

有人斥道，「安靜！你瘋了嗎？」

眾人排成一路縱隊，一班接著一班，一排接著一排。彈藥兵正在安排序位。

「各位瞭解了吧，」德歷托說，「你們要在貝雷格里諾山和第二個澗谷之間排好隊形。表弟負責指揮。到了那裡之後，上層會有新的命令下來。」

這時大家的目光都聚集在德歷托身上。德歷托的睡眼浮腫，頭髮凌亂。

「那麼你負責什麼?」大家問他。

德歷托低垂的眼皮黏了一些眼屎。

「我病了,」德歷托說,「我不能和你們一起去。」

啊,一切順其自然吧。眾人無言以對。「我這個人已經完蛋了,」德歷托想道。現在一切都順其自然吧。但,眞可怕啊,眾人竟然不置一詞,毫不抗議——這表示眾人早就鄙棄德歷托了,他們很高興德歷托拒絕了最後的考驗。或許這個場面就是大家所期待的。可是,他們並不能夠瞭解德歷托爲何做出這種決定——就連德歷托也不瞭解自己的決定。但,現在一切就順其自然吧,再也沒有辦法挽回德歷托了,只能任他漂流。

然而賓卻理解這一切。他專注觀察,舌頭夾在牙齒之間,眼睛發亮。穿著男裝,男裝裡包藏溫暖乳房的那名女子,半埋在稻草之中。稻草堆很熱,女子翻來覆去。夜深人靜、眾人熟睡的時候,女子就會起身脫光褲子,然後赤裸裸地躺回毛毯裡。賓都看見了。是啊,驚人的事也會在穀倉發生——雖然長巷裡正在進行激戰,這裡的故事更是千百倍地驚人。女人——大概這就是德歷托默許賓加入戰場的原因吧。賓將來福槍擱在腳邊,雙眼極其專注地觀察眾人動靜。眾人繼續整隊,卻沒有人叫賓加入隊伍裡。

此時，老鷹開始在屋頂椽木上尖叫，拍動修剪過的翅膀，彷彿突然痛感絕望。

「巴比夫！我要餵巴比夫吃飯啊！」曼奇諾叫道。他趕緊取來那袋滿滿的內臟。眾人轉身面對曼奇諾和他的老鷹，似乎想把剛才所有的怒氣轉移到更值得發洩的目標上頭。

「你和你的老鷹都去死吧！帶來惡運的髒鳥！每一次髒鳥打開嘴巴，歹事就會發生！把牠的脖子扭斷啦！把牠的脖子扭斷！」

曼奇諾面對眾人。老鷹停在曼奇諾肩上，鳥爪抓住曼奇諾的肩膀。曼奇諾一面餵巴比夫吞食碎肉，一面忿怨看著自己的同志。「這鳥是我的。和你們沒關。只要我高興，我就要帶牠上戰場，你們懂了沒？」

「把牠的脖子扭斷！」長腳紀納喊道，「現在並不是爲老鷹著想的時機吧？把牠的脖子扭斷，不然就由我們來動手吧！」

紀納企圖抓住老鷹，結果反而被對方反咬一口——紀納的手背冒出鮮血。老鷹的羽毛直豎，張開雙翼，不住啼叫，眼睛骨碌碌轉。

「好呀，好呀，我眞爽！」廚子叫道。眾人圍站他面前，他們的鬍子因爲憤怒而硬挺起來。他們舉起拳頭。

「把牠關起來！把牠關起來！牠會帶給我們惡運！牠會叫德國人來殺我們！」

長腳紀納吮了吮他手背傷口的血漿。

「殺了牠！」長腳紀納斥道。

背著機關槍的公爵則從腰間抽出一把手槍。

「我我我來射死牠！我來射死牠！」公爵咕噥道。

老鷹不但沒有任何安份的跡像，反而更顯慌亂。

「好吧。」曼奇諾忽然嘆道，「好吧，看看我怎麼辦吧。反正是你們要我幹的。」

曼奇諾雙手抓住老鷹的頸子，用力拉扯。他兩腿膝蓋夾住老鷹的頭，把鳥頭按在地上。眾人一概無語。

「看吧。你們現在滿意了吧。現在你們全都得意了。看啊。」

老鷹再也沒有生命的跡象。修剪過的翅膀張開，僵硬的羽毛下垂。曼奇諾將鳥的軀體扔進樹叢裡。巴比夫的翅膀卡在枝葉間，懸在空中，鳥頭垂下。牠的身體抽搐了一下，死了。

「整隊！大夥整隊，準備走了！」表弟喊道，「機關槍手走在前頭，彈藥兵跟在後面。來福槍手排在最後。走吧！」

賓站在一旁，並沒有加入隊伍。德歷托轉身走回穀倉。眾人在一片寂靜中出發，踏上深入山脈的小徑。曼奇諾走在隊伍的最後面。他身穿水手裝，肩膀的部位沾滿了鳥糞。

穀倉裡一片漆黑，有稻草的氣味。一對孤男寡女各自睡在穀倉的對角，各自裹著毛毯。無人妄動。可是，賓可以賭誓——在天色大亮之前，這對男女一定不會闔上眼睛安睡。賓也躺下來了，眼睛卻沒閉上。他要仔細觀察周遭動靜，絕不會將眼睛閉上。可是那對男女動也不動，甚至未曾抓癢。他們的呼吸聲很重。但賓知道，他們仍然醒著。賓不知不覺睡著了。

當他醒來的時候，外頭已經日出三竿了。賓一個人睡在亂草之中。他逐漸記起這是怎麼回事——今天是作戰的日子啊！為什麼聽不見槍炮的聲響？在這一天，支隊的隊長就將要占有廚子的老婆啦！賓跳起身，衝出穀倉。天空好藍，藍得幾乎讓人心驚；群鳥歌唱，樂音幾乎也讓人恐懼。

野戰廚房設在一幢老屋的廢墟之間。姬麗雅人在裡頭。她正在搧動一小盆火；她在煮一罐栗子。她臉色蒼白，目光遲鈍。

「賓，要不要吃點栗子啊？」姬麗雅叫道——她的嗓音帶有虛假的母性，似乎想要討好賓。

賓最討厭女人擺出母親一般的姿態。他知道，這全是女人的詭計。他也知道，女人都像他姐姐一樣，打從心裡憎恨賓，懼怕賓。賓恨姬麗雅。

「那件事」發生了沒?德歷托去了哪裡?賓打算好好問問姬麗雅。

「嘿,都幹了吧?」他問。

「你說什麼呀?」姬麗雅嚷道。

賓並不回答;他半闔的眼睛瞟向姬麗雅,皺了皺鼻頭。

「我才剛起床,」姬麗雅說。她一副冰清玉潔的模樣。

她都懂的——賓想道——她這母豬。她都懂。

可是賓又有一種感覺——眞正要緊的那回事,其實還沒有發生。女人看起來很緊張,屏神定氣著。

德歷托來了。他剛才在盥洗。他脖子上掛了一條褪色的彩色毛巾。他的臉孔顯現出皺紋和陰影,看起來蒼老了些。

「他們還沒有開打。」德歷托說。

「要死啊,德歷托,」賓驚呼,「大家都睡著啦?爲什麼不開打?」

德歷托笑也不笑。他吮著齒縫。

「山頂上的軍隊全都睡著啦?你覺得呢?」賓說,「德國人也沒有發出任何聲音?嘩!嘩!我們的人一轉身，就會發現後頭全是德國人！」

賓在德歷托身後指指點點。德歷托轉身一看，又覺得自己轉身的動作並不妥，便聳了聳肩。德歷托在火堆旁邊坐下。

「我病了，」德歷托說。

「要不要吃一點栗子啊？」姬麗雅問。

德歷托往灰燼呸了一口。

「我的胃要燒起來了，」他說。

「喝果汁吧。」

「我的胃燒起來了，」

德歷托轉念一想，「好吧，給我喝一點，」他說。

他將髒兮兮的鐵皮罐口接到嘴邊，開始喝起來。然後他擱下鐵皮罐。

「很好。我吃囉。」賓說。

賓開始吸吮煮得糊爛的熱栗子。

德歷托抬眼望向姬麗雅。他的上眼皮有著又長又挺的眼睫毛，可是他的下眼皮一點毛都沒有。

「德歷托，」女人說話了。

「嗯？」

「你爲什麼不跟他們一起去？」

賓用鐵皮罐掩住自己的臉，卻又從罐口偷看這對男女的動靜。

「去幹嘛？」

「去打仗啊，當然囉！」

「我什麼地方都去不了啊！我連現在我在哪裡都不知道！」

「德歷托，你怎麼了？」

「我怎麼了？我的確知道我是怎麼了！他們在總部搞我，他們好一段時間都在捉弄我。一直都是這樣的。他們說：嘿，德歷托，我們等一下再談這件事吧，現在你多擔待吧，德歷托，你好好想一下啊，德歷托，你要小心啊……他們，全去死吧。我再也受不了啦！如果他們還有什麼話要對我說，就讓他們說吧。我只想做我要做的事。」

姬麗雅坐的位置比德歷托稍微高一點。她定定看著德歷托，沉重的呼吸聲從她鼻孔穿出。

「我覺得，我想做我要做的事，」德歷托對女人說。他的眼珠泛黃。他把手擱在女人的膝蓋上。

賓的鐵皮罐早就吃空了，他卻裝作狼吞虎嚥狀。

「德歷托，如果他們眞的修理你呢？」

德歷托挨近女人的身體，蹲在女人的腳邊。

「我不怕死。」他說。可是他的嘴唇在顫抖。一個多病孩子的嘴唇。「我不怕死。不過，我想要先……先……」

他抬起頭，仰望上方的姬麗雅。

賓把吃乾淨的鐵皮罐扔到地上。湯匙留在罐子裡。叮咚！湯匙發出聲響。

德歷托轉頭望向賓，看著他。德歷托咬著嘴唇。

「耶！」賓吭了一聲。

德歷托說話了。

「他們沒有開打。」德歷托說。

「他們沒有開打，」賓說

德歷托站起身，走了一圈，顯得緊張。

「去，打一點水回來，賓。」

「馬上去。」賓說著，便彎腰穿靴子。

「妳看起來好蒼白，姬麗雅，」德歷托說。德歷托站在姬麗雅身後，他的膝蓋碰觸她的背脊。

「說不定我也病了，」姬麗雅喘息道。

賓哼起一首單調的曲子，不斷重複，歌聲越來越上揚：「她好蒼白！……她好蒼白！……她好蒼白！……她好蒼白！……」

男人將雙手按在女人的臉蛋上，將她的臉捧起。「病得像我一樣──？是不是，病得像我一樣──？」

「她好蒼白！……她好蒼白！……她好蒼白！……」賓唱個不停。

德歷托憤怒轉頭看賓。

「你不是該去打水嗎？」

「等一下囉……」賓說，「我另一隻靴子還沒穿好。」

他繼續忙著繫鞋帶。

「我不知道你病得多嚴重……」姬麗雅說，「你病得很嚴重嗎？」

德歷托低聲說道，「我病得太糟了，再也承受不了，再也承受不了啊。」

他這時仍然站在姬麗雅身後。他抓著女人的肩頭。他將雙手托在女人的胳肢窩下。

「她好蒼白！……她好蒼白！……」

「賓！」

「好啦。我要走囉。把水瓶拿來吧。」

賓卻不往前走；他將手掌按在耳邊。德歷托也靜默下來，望向眼前的天空。

「他們還沒有開打。」他說。

「還沒打啊？他們一點動靜都沒有……」賓說。

兩人靜立無言。

「賓？」

「好，我走啦！」

賓離開德歷托，手裡甩著水瓶，吹著口哨；他吹的調子就是剛才調侃姬麗雅的歌。今天有很多事可以討賓開心。賓才不會手下留情呢。他並不怕德歷托，因爲德歷托已經沒有實權了。既然德歷托拒絕加入作戰的行列，他就再也沒有指揮別人的權力了。賓已經走遠，他的口哨聲傳不回廚房了。賓沒有繼續向前走，反而轉個身，悄悄走原路回去。咦，那對男女還留在原處，沒有跑開哩。德歷托的手正在翻動女人的頭髮，他的手按在女人的頸背上。女人的動作像貓咪一樣，似乎想要躲開德歷托的手掌。這對男女卻又驚動回頭，發現賓在旁窺探。

「怎麼了？」德歷托叫道。

「我回來拿別的水瓶，」賓說，「這水瓶壞了。」

德歷托將手心按在自己的額頭上，「你拿這個去吧。」

女人站起身，從男人身邊走開。她在馬鈴薯袋子旁邊坐下。

「好啦。我們來削馬鈴薯皮吧。至少我們可以做點事。」

她將一口空袋子鋪在地上，將馬鈴薯倒上去。她還準備了幾把刀。

「德歷托，拿把刀吧。馬鈴薯在這裡。」她說。

賓覺得這個女人很笨，而且眞是假惺惺啊。

德歷托仍然撫著額頭。「他們還沒有開打，」他說，「眞不知道發生了什麼事？」

賓又跑開了；這一回，他眞的要去打一些水回來。給那對男女一點時間辦事吧，不然什麼好戲都不會發生。在泉水旁邊，有一叢黑莓。賓摘了黑莓，準備大吃一頓。賓喜歡吃黑莓，可是這時他卻沒有享用黑莓的興致。他塞了滿嘴黑莓，卻嘗不出任何甜味。好啦，他已經吃夠了，可以回去了。可是，這時回去還是嫌早了點——他最好再去找點別的事來忙。他蹲在矮樹叢下。他強迫自己幻想一些不可理解的邪惡奇事——他想像德歷托和姬麗雅在小屋廢墟之間追逐；想像黑夜裡被領進墓地的囚徒，囚徒跪進他們爲自己挖掘的墓穴裡，牙齒猶咯咯打顫……這些奇事讓賓覺得詭異又迷人，就像他自己的糞便一樣。

賓方便之後，用樹葉擦了擦屁股。好了，可以走啦。

廚房裡，馬鈴薯散落一地。姬麗雅站在馬鈴薯袋子和鍋子旁邊的角落，手裡握著刀。她身上的男人襯衫鬆開了。德歷托站在袋子的另一邊，手裡也抓著刀，威脅女人。是的，他們兩人正在互相追逐，說不定等一下他們就要砍傷對方了！

不過，德歷托卻在發笑。他們兩人都在笑。他們在玩遊戲。卻不是很甜美的笑聲。他們的遊戲似乎會傷人，可是他們仍然笑著。

賓放下水瓶。「水來了，」他大聲說道。

男人和女人放下刀子，想要喝水。德歷托拿起水瓶，將瓶子交給姬麗雅。姬麗雅接了水瓶，開始喝水。德歷托看著女人的唇。

他說，「他們還沒開打。」

然後他對賓說，「他們還沒開打。」他反覆說道。「那邊究竟發生了什麼事？」

德歷托對賓提出這樣的問題，賓倒是覺得很開心，有一種和大人平起平坐的感覺。

「你覺得會有什麼事發生？」他問。

德歷托大口喝水，將水瓶裡的水都灌進喉嚨裡，似乎停不下來的樣子。他抹乾嘴角。「嘿，姬麗雅，還要喝水嗎？如果口渴，就把水喝光吧。我們可以再叫賓去打水。」

「如果你們還想喝水，」賓酸溜溜說道，「我帶一桶水回來給你們喝好了。」

男人和女人相視而笑。可是賓知道，他們並不是因爲賓說的話而發笑——他們的笑只限於他們兩人之間，是默契，不需要解釋。

「如果你們高興，」賓說，「我乾脆打水來給你們洗澡好了。」

男人和女人繼續對望微笑。

「洗澡喔，」男人不斷說著。他在發笑嗎？或者，其實他的牙齒在打顫？很難分辨哩。「洗澡喔，姬麗雅，洗澡喔。」

男人抓著女人的肩膀。可是，突然間他的臉色發黑，鬆開雙手。「那裡，」他說，「看那裡。」

在幾碼之外，可以看見老鷹的屍體。牠的翅膀掛在樹枝間，晃來晃去。

「弄掉它，弄掉那個髒東西，」他說，「我再也不想看到它！」

他抓起老鷹的翅膀一角，將屍體用力擲向遠處的高山玫瑰。巴比夫飛起來了——或許牠一輩子都未曾如此飛行過。姬麗雅按住德歷托的手臂。「噢，可憐的巴比夫！」

「去死吧，」德歷托氣得臉色發白。「我再也不想看見它了！賓，把它埋了吧！賓，埋掉它！你拿鏟子去，埋了它，賓！」

賓看著高山玫瑰間的鳥屍。雖然老鷹已死，但賓卻忍不住想像屍體可能會復活，咬住賓兩眼之間的部位……

「不，我才不幹。」賓說。

德歷托的鼻孔抽動著。他伸手按住手槍。

「賓，把鏟子拿去，辦事吧。」

賓抓著老鷹的腳，把屍體提起來。鳥爪彎曲，像鐵釘一樣硬。他將鏟子扛在肩上，拖著鳥頭垂下的屍體，前去尋找埋屍的地點。他穿過高山玫瑰，穿越一片林地，走進草原。草原在漸次高升的坡地開展，連向山脈。草原底下，就是所有死者的埋葬處。死者的眼眶裡塞滿沃土。死去的仇敵和過世的同志都埋在這裡。現在，老鷹也要加入死者的陣容了。

賓在草原上走著，步伐零亂，猶疑再三。他不希望自己在爲鳥屍掘墓的時候，不小心挖出一張土壤裡的人臉。他完全不想驚動死者，他怕死了。可是啊，如果可以挖出一具屍體也不錯——最好是那種露出一排白牙，眼眶空空的死人。

這時賓只見群山環圍，巨谷深不見底，高聳的岩坡布滿黑壓壓的林木，之後仍是山巒，一排接著一排，通往無窮遠處。土地上只有他一個人了；泥土下，全是死人。在森林和斜坡之外，還有其他人類——他們正在互相推擠，槍殺彼此。鳥屍躺在他腳邊。萬里晴空，巨大雲朵在賓頭頂上高飛。賓開始爲死鳥掘墓。一窟小穴就夠了吧；是老鷹，又不是人啊。賓將鳥屍提起——鳥的眼睛閉合，光禿的眼皮彷彿屬於人類。如果賓試圖掀開一隻眼皮，就會看見裡頭又圓又黃的眼珠子。他有一股衝動，想把鳥屍擲向山谷上空，那片龐然的空無——說不定鳥屍將在山谷上空打開翅膀，在賓眼前復活飛行，在他頭上盤旋，之後飛向遙遠的山峰。之後，賓就要像童話裡的人物一樣，跟隨老鷹的飛翔路線行進，走過千山萬水，然後走進中魔的村落。在那個村子裡，所有的村民都是好人。但是——賓終究還是把鳥屍放進墓穴，以鏟尖撥土，蓋住屍體。

就在這個時候，爆炸聲忽然響起，雷霆一般貫穿山谷。槍炮聲，爆裂聲，重擊聲，在重重回音之後越顯猖狂。開打了！賓恐慌向後跳了一步。可怖的聲響刺穿了賓周遭的空氣，但是賓卻不能分辨禍端位於何處。不久，子彈就要落到他頭上了！不久，德國人就要在岩坡上出現了！他們將會挺舉機關槍，槍口將會瞄準賓。

「德歷托！」

賓狂奔起來。他沒帶走鏟子；鏟子還插在墓地的土裡。他拚命跑著，震耳的聲響猶在他身邊逐一爆炸。

「德歷托——姬麗雅——」

好了，現在他逃進森林了。機關槍，手榴彈，迫擊炮——戰役突然從沉睡中驚醒了，賓卻無法辨識戰火究竟在哪裡。或許只距離他幾碼而已？或許在下一個山路轉角處就有一座機關槍瞄向他自己？樹叢間或許早已堆滿屍體？

「救命啊！德歷托——姬麗雅——」

他跑出森林，進入高山玫瑰的領域。在沒有樹蔭的晴空下，槍聲更加駭人。

「德歷托——姬麗雅——」

沒有人在廚房裡。那對狗男女逃了！把賓一個人丟在這裡！

「德歷托！他們開打了！他們開打了！」

賓在高山玫瑰的土埂間胡亂奔跑，邊跑邊哭。啊，在樹叢裡，有一張毛毯——毛毯包著一個活人……一個活人的身體……啊不，是兩具人體……賓看見兩雙人腿……兩雙腿交纏在一起。

「戰役開始了！德歷托！開打了啊！戰役開始了啊！」

第十一章

經過無止無盡的行軍之後，軍隊已經抵達半月走道。寒冷的夜風吹起，足以使人身上的汗水凍徹骨髓。大夥反而累得不想睡覺。領隊指示眾人在巨岩後頭暫時歇息一番。夜色陰霾灰暗，山路看似一只凹碗，碗緣和霧氣相接。霧氣從兩座多岸的高地頂部升起。在高地後方，就是自由的平原和山谷——那裡是清新的地帶，還沒有被敵軍佔領。眾人從營地出發以來，還未曾歇息過，不過他們都還沒有露出危急的崩潰跡象——許多士兵在長時間的壓力之下，常會精神崩潰。戰役提供的興奮效力還沒有消退。

這是一場血腥的戰役，以撤退收場——不過，並不算打敗仗。德國兵穿過隘道之後，突然發現周遭的高地遍佈兵士，朝他們大聲吶喊、發射槍炮。許多德國兵翻落山徑；有一兩輛德國的運貨卡車也像壁爐似地吐出火焰和黑煙，不久就燒得剩下一團黑色廢鐵。德國人的援兵隨即趕至，卻幫不了多少忙，頂多掃蕩了幾個留在山徑上的義大利游擊隊員；這些孤軍留在山徑沒走，大抵是因爲抗命，或是因爲在混戰中迷失了方位。其實游擊隊早已接獲警告，曉得德國人的機動化部隊馬上就要進逼；爲了避免遭到圍攻，游擊隊便命令人馬從山徑撤退。可是，德國人可不是輕易鬆手的民族。費里拉認爲部隊所在的地帶可能會遇上埋伏，便決定將部隊全數撤走，移往其他山谷；其他山谷雖然缺少游擊隊同志，卻比較容易防守。撤退的兵士走在蜿蜒山路上，黑夜完全拋在腦後。部隊沉靜整齊，在通往過道的騾徑上走。部隊末端，是一列騾子——牠們背負了食糧、彈藥和傷兵。

德歷托的人馬正躲在巨岩後頭，凍得牙齒打顫。他們的腦袋和肩膀都包裹了毛毯，看似包頭的阿拉伯人。支隊已經折損了一個人——政治委員賈青托，那個補鍋匠，已經戰死了。他身中德國人的炮火，軀體跌進草原低處；他的流浪夢以及身上的蝨子全都付之一炬。以往，殺蟲藥都治不了他身上的蝨子，這下卻全都治好了。另有一個人的手也稍微受傷；是伯爵，卡拉布里亞男子。

德歷托這時過來探看大家了。德歷托的臉孔發黃，肩上蓋了一條毛毯，看起來的確病得很重。德歷托一一檢視眼前的弟兄，沉默無語，鼻孔打顫著。有時候，德歷托好像就要吐出一些命令了，可是他卻又什麼都沒說。大家也都沒對他說什麼。如果德歷托果眞喊出什麼命令，如果眞有人對德歷托說話，那麼其他的人一定會一湧而上，將暴力的言辭吐遍德歷托全身。但，現在還不到攤牌的時候。德歷托和他的人馬之間存有一種默契。德歷托不敢擅發號令，其他的人也想避免難堪的場面。支隊在行軍的時候一直保持紀律，大家對於值班分配也沒有怨言或爭執。外人一定猜不到，這竟是支群龍無首的隊伍。但德歷托仍然是名義上的隊長——他只要對任何一名士兵瞄一眼，那名士兵就必須立定站好。是的，德歷托的確是有領導者的威嚴。

賓圍了一條羊毛圍巾，拉高的圍巾直抵他的雙眼。他看著德歷托和姬麗雅，然後又看了看曼奇諾。他們的面色看來都很正常，或許是因爲寒冷或過於操勞的緣故。從那對狗男女的臉色，看不出他們在早上幹過什麼好事。

其他支隊經過他們。有些支隊要在更遠的地點歇息，另一些支隊還要繼續行軍。

「吉安！吉安！」

在一支停在近處的隊伍中，賓突然辨認出他的酒館老友，司機吉安！吉安一身游擊隊的打扮，全副武裝。起初吉安不曉得誰在喚他，後來他才驚呼起來：「噢……是賓啊！」

他們互相打招呼，很和善，卻又小心翼翼，彷彿他們是不習慣與人熱絡的人。吉安看來改頭換面了；他才加入游擊隊一星期而已，可是他已經失去那種穴居動物的眼神。那種病態眼神是由煙酒造成的，堪稱酒館男人的特色。吉安參加的是史巴達的支隊。

「當我剛加入游擊隊的時候，金姆希望把我安插到你們的支隊……」吉安說。賓想道：吉安並不懂得金姆的用意；說不定，那一夜酒館裡的委員會男子將酒館眾人說得一文不値呢。

「要命啊，吉安，我眞希望我們在同一隊！」賓說，「他們爲什麼不讓你加入我們這一隊呢？」

「他們說，加入你們的支隊是沒有意義的，因爲你們的支隊馬上就要解散了！」

看哪，賓想道，這傢伙才剛加入游擊隊不久，他就連我們的最新消息都知道了。然而，賓卻不知道城裡發生了什麼事。「吉安！」他說，「有什麼長巷的消息嗎？酒館近來如何？」

吉安酸溜溜盯著賓，「你都沒聽說嗎？」他問道。

「沒啊。」賓說，「發生了什麼事？難不成柏莎麗拉那個老婆子生了小孩？」

吉安呸了一口。「關於那些人的事，我一點也不想聽。」他說，「和他們爲伍，眞讓我覺得丟臉。幾年來，我一直和他們在酒館混，泡在長巷的臭味裡，眞是受夠了……我竟然一直和他們在一起……還好我現在已經被迫逃出來了；我簡直應該感謝出賣我的豬……」

「你是說法國佬米榭？」賓問道。

「他是叛賊之一。可是他並不是最惡劣的。米榭是個雙面人，他一方面和黑衫軍打交道，一方面又和GAP來往。他一直不知道應該投入哪一邊……」

「其他的人呢？」

「他們派人來圍捕我們。大家都被抓了。我們只不過想要組織一個GAP罷了……長頸鹿被槍殺了……其他的人被抓到德國去……長巷幾乎變成空巷了……戰鬥機在麵包店附近投下一顆炸彈；大家要不是撤走，就只好躲進防空洞……而在這裡的生活，就完全不一樣了。我覺得自己好像回到克羅埃西亞了，感謝上帝，雖然我並不是來自克羅埃西亞那一邊……」

「吉安啊，你在克羅埃西亞有什麼好事啊？你在那裡有情婦呀？對了，我姐姐呢？告訴我，她是不是也撤走了？」

吉安搔了搔新長出來的鬍子，「你姐姐，」他說，「她逼得別人撤走。那隻母豬。」

「你好好解釋給我聽，」賓故扮小丑的模樣，「你知道嗎，別惹我生氣喔。」

「白痴啊！你姐加入納粹了，她穿著絲綢洋裝出門，德國軍官開車載她兜風呢！當德國人來到長巷的時候，你姐姐就帶領德國人去搜察每一戶人家，她還和一名德國軍官挽著手呢！」

「德國軍官啊？吉安！她**真的**出運了！」

「你們在談女人出賣男人的事嗎？」表弟插嘴道。他的大臉湊近吉安和賓。他的鼻子扁平，一臉鬍渣。

「是啊，我姐眞是個賤貨。」賓說，「她一直是個間諜，她從小就喜歡偷偷摸摸的勾當。她出賣男人的事，早就可以預料到了。」

「的確是可以預料的，」表弟說。他望向遠方，羊毛帽底下的臉孔掛著一貫的憂色。

「法國佬米榭幹的好事，也早就可以預料到了。」吉安說，「不過米榭並不是眞的壞。他只不過是個混蛋。」

「還有痞利呢？你知不知道黑衫軍收了個新傢伙，名叫痞利？」

「痞利啊！」司機吉安嚷道，「他是最糟的傢伙啦！」

「他**的確**糟透了，」他們身後有人吭聲。轉身一看，原來紅狼也來了。紅狼身上掛滿從德國人那邊奪來的槍械和機關槍子彈帶。大家向紅狼熱情招呼；大家都很高興可以再次見到紅狼。

「啊，痞利怎麼啦？出了什麼事？」

紅狼說，「ＧＡＰ擺平他了。」接著紅狼便說起他們對付痞利的故事。

痞利有時候不在兵營過夜，反而回他自己的家睡覺。痞利一個人住在廉價公寓的閣樓——他長期以來巧取豪奪的武器都完整收藏在閣樓裡，儼然是座軍火庫。他知道，如果他將武器帶到兵營，就要和同志分享這些槍械了，而他才不甘願呢。某一夜，痞利獨自回家，依例全副武裝。可是，有一名男子跟蹤他——男子一身平民服裝，另外穿著雨衣。痞利在路上只要一見到不順眼的傢伙，就會馬上向對方要索證件來看；這一回，痞利站住不動，卻沒有回頭看對方。對方也止步不前，雙手插在口袋裡。痞利感覺對方想用槍械暗算他。「最好裝作沒事的樣子，」痞利想著，繼續前行。在另一邊的人行道上，痞利又發現另一名未曾見過的男子，同樣穿著雨衣，同樣在走路的時候把雙手插進手袋裡。痞利一回頭，那兩名男子也跟著轉身。「必須儘快回家才行，」痞利想道，「我一走到大門，就馬上躲進去，然後在門後開火，把那兩人轟走。」但，在大門外的人行道上又出現了一名穿雨衣的男子，這名男子走向痞利。「就讓他走開吧，」痞利想著。痞利停止不動，三名穿雨衣的男子也不走了。現在唯一可做的事，就是儘快躲進大門裡。可是，在大門裡的樓梯欄杆旁邊還有另外兩名身穿雨衣的男子——他們站在原地不動，雙手插在口袋裡。痞利已經走進大門。「我現在掉到陷阱裡了，」他想著，「他們馬上會對我喊：『兩手舉起來！』」可是，他們似乎並不正眼瞧他。「如果他們繼續跟蹤我，」痞利想道，「我就要跳到樓梯上，躲在欄杆後面，朝他們開火！」走到樓梯中段時，痞利往下望。他們仍然跟著他。痞利雖然看不見藏在那些雨衣口袋裡的槍，他卻可以感受這看不見的威脅。痞利越爬越高；他皺眉向下望。在他身後，每一層樓都各有一名向上爬梯的男子。痞利繼續向上爬樓梯，貼近牆壁走著——他一直向上爬，他身後的GAP男子也緊迫跟隨，每一層樓各有一名男子。他們也都貼近牆壁走著，痞利甚感威脅。六樓。七樓。燈光管制的夜裡，光線稀微，螺旋狀的樓梯看起來像是一連串的鏡子，每一層樓都有一名穿著雨衣的男子，映像不斷重複，向痞利緩緩進逼。「在我抵達閣樓之前，如果他們沒有對我開槍，」痞利想著，「那麼我就安全了，我就可以躲在閣樓裡頭，我將有足夠的武器和手榴彈可以對付他們，黑衫軍一定趕得及過來救我。」他已經來到整棟屋子最高的一層樓。痞利往上爬，打開閣樓前門，進門之後立即將門摔上。「我安全了，」他想道。可是，在屋頂上，在閣樓的窗口，有一名身穿雨衣的男子正握著手槍瞄準痞利。痞利舉起雙手。他身後的門被撞開了。每一層樓的雨衣男子都上來了，舉起手槍對準痞利。他們其中一人——不知道是哪一位——終於開了槍。

在過道歇息的眾人圍站在紅狼前後聽他說故事，每個人都聽得出神。紅狼說故事的時候經常誇大其詞，不過他實在能言善道。

有人問道，「你呢，紅狼，你是其中哪一名雨衣男子？」

紅狼微笑著，將他光腦袋上的尖帽子舉起來。「我就是屋頂上的那一個。」他說。

他接著細述痞利收集的武器：ＳＴＥＮ，輕機槍，手榴彈，各種式樣口徑的手槍。痞利甚至收藏了一具迫擊炮，紅狼說。

「你們看，」紅狼說著，便向眾人展示一把手槍以及些許特製的手榴彈。「我拿來的武器就是這些了。GAP擁有的武器比我們少，他們比我們還需要槍械。」

賓忽然想起他自己的手槍。如果痞利知道通往蜘巢的小徑，前去將賓的手槍取走，那麼他的手槍就應該在紅狼的戰利品之列。賓有權收回他的槍，那是他的槍，沒有人可以和他搶！

「紅狼，聽著，紅狼！」賓說著，還抓住紅狼的夾克。「痞利收藏的手槍之中，有沒有一把P38？」

「一把P38？」紅狼答道，「沒有，沒有P38。痞利收集了各式各樣的槍，但是他偏偏沒有P38。」紅狼繼續細說痞利這個瘋子收集的武器有多麼豐富、多麼稀罕。

「你眞的確定他沒有一把P38嗎？」賓又問，「會不會是GAP的人將那把槍拿走了？」

「沒有，沒有啦！難道你以爲我會漏看一把P38嗎？我們仔細盤點過痞利全部的軍械。」

既然如此，手槍一定還埋在蜘蛛的窩底下，賓想道。手槍仍然是我的，痞利不知道埋槍的位置在哪裡，除了我之外沒有人知道那個神祕地點。想到這裡，賓覺得寬慰許多。無論世界如何改變，蜘蛛的窩仍在那裡，埋藏的手槍仍在那裡。

已經接近天亮時刻。部隊還有好幾小時的路要走。不過，領隊們估計日出之後部隊的新隊形會曝露在光天化日之下，於是他們決定在白日休息，天黑之後再繼續行軍，如此才能完全保護部隊的神祕性。

他們來到邊界地帶，幾年來法西斯分子一直在這裡演習，後來他們不費吹灰之力就攻破防線了。各式各樣的軍營散布山間，建築低矮呈長條狀。費里拉下令各支隊散開，各找歇息地點，躲避一整天——直到天黑或起霧的時候，再繼續行軍。

各個單位分配了不同的休息地點。德歷托的支隊分配到一間偏遠矮小的水泥房，牆上掛有鐵環。這水泥房本來是馬廄吧。眾人在零星腐爛的稻草碎片上躺平，閉上疲倦的眼，眼裡卻仍然充盈戰爭的畫面。

到了早上之後，他們才覺悟，原來一大群人關在這間小屋裡眞是受罪，還必須排開人群走出小屋才可以在牆邊撒尿。不過，他們至少得以歇息。他們不准唱歌，不准煮飯以免冒出炊煙——山谷底部的村莊住滿了間諜哪。那些間諜握著望遠鏡，伸長了耳朵，留心任何動靜。如果要煮飯，就必須輪流使用特設的野戰廚房——這臨時廚房設有埋在地下的煙道，炊煙在好一段距離之外才會排出去。

賓無事可幹。他坐在門邊，沐浴在陽光下。他脫去破靴子，剝下完全沒底的襪子。他在陽光下檢視雙腳，揉了揉水泡，將腳趾塞住的土塊剔掉。然後他開始抓身上的蝨子——這是每天都要辦的例行公事，賓才不想變得像賈青托一樣，可憐的賈青托老頭。可是，如果人總有一天要死，像賈青托一樣，那麼抓蝨子又有什麼意義呢？說不定賈青托沒有殺光身上蝨子的原因，就是他知道自己即將速死吧。賓很悲傷。他在衣服上抓蝨子的第一次經驗，就在皮耶卓馬果的牢房裡。賓眞希望他可以和皮耶卓馬果在長巷裡重新經營補鞋店。但是，長巷這時必定荒廢了——長巷裡的人們不是逃跑了，被抓去關，不然就是被殺了。只剩賓的賤人姐姐和德國軍官留在長巷裡囂張。賓覺得，不久之後，他就要一個人被遺棄在一個未知的世界了，無所適從。支隊裡的男人態度曖昧而生疏，像酒館裡的男人一樣——雖然，他們更迷人，更讓人難以理解，他們的眼裡有殺戮的目光，他們在高山玫瑰花叢間像狗一樣交配。這裡唯一讓賓覺得親切的男人，只有表弟而已——可惜，表弟現在並不在賓身邊。賓一早醒來，就發現表弟不見了，他的毛線帽和輕機槍都不在了——表弟又前去進行神祕的探險。支隊馬上就要解散了——金姆和司機吉安都這麼說，其他的人卻還沒有看透這項事實。賓轉頭望著眾人——水泥地上稻草稀疏，這些人緊挨著彼此的身軀，躺在稻草上。

「老天爺，如果我沒有跑過來通報你們，你們恐怕連自己出生了沒都不知道。」

「有什麼事？快說！」眾人道。

「等我們走到下一站，」賓說，「我們的支隊就要解散了。」

「你再說下去。是誰告訴你的？」

「金姆。我發誓。」

德歷托一副充耳不聞的模樣。他聽得懂。

「賓，不要鬼扯蛋。他們可以把我們送到哪裡去啊？」

眾人開始討論大家各會被派往哪些支隊，他們也議論自己比較心儀的其他單位。

「難道你們不知道，你們每個人都要自成一個特別的支隊嗎？」賓說，「你們每個人都可以當隊長啃。長腳紀納將會擔任『椅子大隊』的隊長；當然，這一支隊在作戰的時候，每個人有椅子坐。有些士兵不是騎馬打仗嗎？哪，長腳紀納的兵卻要騎著安樂椅打仗呢！」

「等我把書讀完再來修理你，」長腳紀納說著，一根手指還插在他的《超級驚悚》裡充當書籤。「等一下我好好奉陪。我現在正讀到精彩的地方，快要猜出殺人兇手是誰了。」

「殺牛兇手啊？」賓問道。

長腳紀納沒辦法繼續看書，也聽不懂賓說的話。

「什麼牛啊？」

賓發出他的高頻率笑聲。長腳紀納中計了。「牛的嘴唇就長在你臉上啊！你是牛嘴人！牛嘴人！」

長腳紀納搖搖晃晃，以他的一隻巨手撐起身子，手指卻還沒有抽離書本，而他揮動另一隻手，打算揪住賓。但他知道對付賓一點也不值得，未久便放手繼續讀書去了。

賓的把戲把大家都惹笑了。他們很開心。只要賓一開始向大人開玩笑，他就可以和大人打成一片。

賓又欣喜又亢奮，笑得連眼淚都流出來了。現在他在扮演他自己的角色，他面對一群大人，這些人同時是他的敵人又是他的朋友，賓可以嘲笑他們，賓要把心中的恨意全都吐到他們身上。他覺得自己好魯莽。他要傷害這些大人，絕不手下留情。

姬麗雅也笑了。可是賓知道，這是強迫擠出來的笑──其實，她怕了。賓不時瞄著姬麗雅──她並沒有垂下眼睛，她的笑意卻掛在嘴唇上顫抖。妳等著瞧吧──賓想著──妳笑得出來的機會不多了。

「警察啊！」賓叫道。賓每次喊出一個名字，其他的人就憋住笑聲，等著看賓搞出什麼把戲。

「警察也要組成一支特別的支隊……」賓說道。

「這個支隊的任務就是保持秩序，」警察戒慎地搶先一步說道。

「不，老兄，你的支隊專門逮捕父母！」

每當有人對警察提起他捉拿逃兵父母的往事，他就要大發雷霆。

「你亂說！我從來沒有抓過任何人的父母！」

賓的嗓音裡充滿收斂稠密的反諷意味。眾人興味盎然聽著賓胡說，鼓勵他再說下去。「別生氣啊，老兄，別生氣。你的支隊專門抓父母喔……反正你是逮捕父母的專家嘛！」

警察的怒火越燒越旺。但他轉念一想，覺得還是放任賓去說算了，反正賓說累了之後就會轉移捉弄的對象。

「接下來我們來討論……」賓的眼珠骨碌碌轉，最後將焦點定在一張笑臉上。那張笑臉露出牙齦，一臉雀斑。大家已經猜到賓的新獵物是誰，卻只能將笑聲憋住。賓的獰笑似乎催眠了公爵——他的鬍子翹起來，面頰垮下去。

「……有一個特別的支隊是保留給公爵的……他們將負責挖開兔子的肚皮。老天，公爵啊，你這麼愛吹牛，可是你除了扭斷雞脖子和剝兔子皮之外，你還會幹什麼呀？」

公爵將手按在他的奧地利手槍上，看來他想要頂著毛皮帽去撞賓的肚皮。「我要挖挖出**你的**腸腸子出來！」他吼道。

曼奇諾這時卻下錯了一步棋。他莽撞說道，「那麼，我們該讓賓負責哪一種支隊？」

賓望了曼奇諾一眼，彷彿首次留意到他。「噢，曼奇諾，你回來了，不是嗎……？你離家好久了噢……你不在家的時候，家裡發生了好多刺激的事呢……」

賓緩緩轉身。德歷托站在角落，面色凝重；姬麗雅站在門邊，僞善的笑依舊掛在嘴角。

「曼奇諾，猜猜看，你會負責什麼支隊？」

曼奇諾酸笑了一聲，想要阻攔賓胡言亂語。

「我要負責煮飯支隊啊……」他說完，便放聲大笑，自以爲說出了世界上最好笑的笑話。

賓搖了搖頭，臉色嚴肅。曼奇諾眨眨眼，「我負責老鷹支隊好了……」他說完又想要笑，喉頭卻發出奇怪的聲響。

賓又搖了搖頭。

「我負責海軍支隊吧……」曼奇諾說。這一回他沒有張開笑嘴；他眼裡含淚。

賓這時擺出一副小丑的虛矯姿態，舒緩而諂媚說道，「嗯，你的支隊和別人的不會差太多。只不過，你的支隊只能在空地行動，在寬大的路上行軍；但是遇上比矮樹叢還高的地方，你的支隊就動彈不得了。」

曼奇諾破涕而笑。起初是無聲的笑，後來越笑越大聲。他還不瞭解賓究竟要說什麼，但仍然笑個不停。其他的人靜候賓的嘴巴說話——雖然有些人已經聽懂賓的用意，已經開始冷笑……

「除了森林之外，你的支隊什麼地方都去得了。你的支隊不能穿過長滿枝幹的地方……」

「森林……呵呵……枝幹，」曼奇諾笑問，「爲什麼呢？」

「因爲會卡住啊……你的支隊……會卡在枝幹上頭！」

眾人捧腹狂笑。廚子站起身，面色酸楚，嘴巴緊縮。笑聲減緩了些。廚子四顧一番，卻又開始笑了。他眼睛腫脹，嘴角歪曲，強迫擠出的笑聲中帶有怒氣。他的手掌拍打膝蓋，手指向賓，似乎表示「你說得眞好……」

「賓……大家看看賓啊……」曼奇諾強顏歡笑道，「賓……我們讓他負責廁所支隊好了，我們就把廁所交給他吧……」

德歷托也站起身了。

他向眾人走了一兩步。「別再胡說八道了，」德歷托嚴厲說道，「你們難道不知道，現在不該發出任何噪音嗎？」

開戰以來，德歷托首次發號施令。他發出這道命令，有個好藉口——他的藉口是，大家不該製造噪音。雖然，他其實想說：「別再胡說八道了，我不喜歡聽。」

眾人酸酸瞟了德歷托一眼。這傢伙，再也沒資格稱作他們的隊長了。

姬麗雅也吭聲了。「賓，你爲什麼不唱首歌給大家聽呀，唱歌總比胡說好吧……唱首歌來聽吧……」

「廁所大隊……」曼奇諾聒噪著，「你的頭上戴夜壺……呵呵呵……賓的頭上戴夜壺，想想看吧……」

「姬麗雅，妳希望我唱什麼歌呢？」賓說，「和上次一樣嗎……？」

「閉嘴，」德歷托說，「你們不服命令嗎？你們難道不曉得這裡是敵前地帶嗎？」

「唱那一首歌吧……」姬麗雅說，「你唱得很好的那首……那首歌怎麼哼啊？『歐咿哩，歐咿啦……』」

「夜壺戴在他頭上，」廚子仍然笑著拍打膝蓋，但眼角已經泛現憤怒的淚。「灌腸劑是他的槍……賓只要一開槍，灌腸劑就爆炸……」

「『歐咿哩，歐咿啦……』——姬麗雅，妳確定嗎……？」賓說，「我從來沒有聽過『歐咿哩，歐咿啦……』這種調子的歌，眞有這樣的唱法嗎？」

「賓只要一開槍，灌腸劑就爆炸……」廚子仍然呱呱唱。

「歐咿哩，歐咿啦……」賓開始即興演唱。「丈夫去打仗，歐咿哩，歐咿啦，老婆留在家，歐咿哩，歐咿啦！」

「賓是一個小淫賊，歐咿哩，歐咿啦！」曼奇諾嚷道，想要淹沒賓的歌聲。

德歷托第一次發現沒人聽從他的命令。他抓住賓的手臂，用力擰扭，「住口！住口！聽懂了沒？」

賓雖然覺得疼，卻繼續唱道，「歐咿哩，歐咿啦，老婆和隊長，歐咿哩，歐咿啦，他們要幹啥？」

德歷托扭著賓的雙臂，他的手指可以觸及賓的細小骨頭。如果賓繼續唱下去，德歷托就要扭斷賓的手。「住口，你這個小雜種，住口！」

賓的眼裡都是淚水。他咬著嘴唇。「歐咿哩，歐咿啦，他們躲在樹叢幹，歐咿哩，歐咿啦，他們好像兩隻狗！」

德歷托拋開賓的手臂，改而伸手摀住賓的嘴巴。但，這眞是愚昧危險的動作啊。賓用力咬住德歷托的手指，使盡力氣拚命咬。德歷托發出淒厲尖叫。賓放過德歷托的手指，左右張望一番。大家都睜大眼睛看著賓——這些難以理解的大人，這些豬。德歷托吸吮他受傷的手指，曼奇諾歇斯底里狂笑，姬麗雅一臉灰白，其他的人則靜待好戲繼續，不敢喘大氣，眼光卻閃動不停。

「豬！」賓喊道，開始號哭，「雜種！賤人！」

這時他唯一能做的事，就是逃跑了。馬上滾蛋。他必須孤獨一人。賓向外跑。

德歷托在他身後喊道，「沒有人可以離開這裡！賓，回來，回來！」他作勢追趕賓。

可是德歷托在門口撞上兩名武裝的男子。

「德歷托，我們在找你。」

德歷托認得來者。他們是來自總部的信差。

「金姆和費里拉想要見你。要你去報告。跟我們去吧。」

德歷托又拾回面無表情的臉色。「走吧，」他說著，便撿起自己的輕機槍。

「他們說，你不可以帶武器過去。」信差解釋道。

德歷托的眼皮眨也不眨一下。他將肩上的槍帶取下。

「走吧，」他說。

「你也不可以帶手槍去。」他們說。

德歷托解開腰帶，讓手槍跌落地上。

「走吧，」他說。

他站在兩名信差之間。

德歷托轉身對他的支隊吩咐道，「兩點的時候，就輪到咱們領糧食了。開始準備吧。在三點半的時候，咱們這裡要派兩個人出去站哨。昨晚的站哨名單輪到誰？今天就從他後面的人開始站哨吧。」

德歷托將頭轉回，夾在兩名信差之間，漸行漸遠。

第十二章

賓一個人坐在山頂。滿布灌木的岩石陡坡就在他腳邊展開。山谷層層疊疊，黑暗的河水在低處蜿蜒流逝。長條雲朵朝向山坡飄來，遮掩山下零落的村莊林木風景。

這時，賓遇上了難以挽回的一件事——就像他跟水手偷槍一樣、像他離開酒館的男人們一樣、像他越獄一樣，一概覆水難收。他，再也沒有辦法回支隊去了，再也不能和大夥一起行動了。像他這樣的人，是可悲的：他是個孩子，卻活在成人的世界，永遠被大人當成開心果或是討厭鬼。可是，他卻沒有辦法像大人一樣，操控刺激神祕的事物、武器或女人——他始終無法進入成人世界。不過，賓終有長大成人的一日，那時候他也可以對任何人耍狠了，向那些沒有善待他的大人報復一番。賓好希望自己馬上變成大人啊——或許，當不成大人也沒關係，但是他要坐擁大人才得以享有的地位和威嚴，他要當個足以領導大人的小孩，領導他們完成了不起的事業。

這時，他就要離開這一片迎風的陌生地帶，遠走他方。他要回到他在河床的小小王國，返回蜘蛛築巢的神奇地點。他的手槍就埋在那裡，有著好神祕的名字：P三十八。有了手槍，賓就可以成爲獨當一面的游擊隊員。再也沒有人敢來折斷他的手臂，沒有人敢指派他去埋葬老鷹屍體，沒有狗男女敢趁他不備時躲在花間打滾。他可以幹出不得了的事業，賓可以辦得到，而且永遠只靠他自己辦到。他可以殺死敵方軍官，或是隊長，與婊子兼間諜的姐姐鬼混的隊長。如此一來，所有的大人都會尊敬賓。大人會請求賓和他們一起出擊。說不定大人還會教賓使用機關槍呢。姬麗雅再也不敢對賓使喚，「唱首歌給我們聽吧，賓！」她再也不敢趁機依偎在她的情人身邊。姬麗雅再也不會有情夫了。終有一日，姬麗雅會讓賓放手去摸她的胸部，粉紅而溫暖的，藏在男人襯衫底下的乳房。

這時賓邁開步伐，在山徑走著，從半月過道一路向山下走。他還有好長一段路要走。他一邊走，一邊覺得他對於這些計畫的熱情其實都是強迫而來的，一點也不眞誠——他只不過緊揪著永遠不會在現實中發生的一些想像。到頭來，他永遠只是個可憐的、迷失的、流浪的孩子。

賓走了一整天。他走過一些値得遊憩的地點，他想在巨大白石間跳躍，想要攀爬彎曲的樹。他看見松樹頂端的松鼠，在矮樹叢之間穿梭的蛇——如果朝這些小動物擲石子，一定很好玩。但，賓卻沒有任何遊戲的興致。他只能繼續咬牙走路，一股悲傷的氣息哽在喉嚨裡。

賓經過一戶村舍，便向村民討些食物來吃。屋裡住了一對飼養山羊的老夫婦。老夫婦熱心款待賓，給他吃栗子、喝羊奶，還和他談起他們的幾個兒子——他們的兒子都是戰俘，人在遠方。之後，他們圍坐在爐火前，開始唸起玫瑰經——他們也請賓跟著唸經。

可是賓並不習慣和善良的人相處，覺得很不自在。他也不習慣唸誦玫瑰經。所以，當老夫婦閉上眼睛忙著唸經的時候，賓便悄悄跳下椅子，逃走了。

夜裡，賓在乾草堆裡挖了一個洞，睡在裡頭。天亮之後他繼續趕路，走進更加危險的地帶，走入德國人的勢力範圍。但是賓很清楚：自己身爲小孩的身分有時眞是有用，因爲大人不會找他麻煩；就算賓公然承認自己是個游擊隊員，也沒有人會相信。

一座檢查站擋住賓的去路。走到檢查站之前，賓就發現戴了頭盔的德國兵正皺眉看著他。賓大膽前行。

「我的羊啊，」賓說，「你們有沒有看見我的羊啊？」

「什麼？」德國人聽不懂賓的話。

「羊。羊—昂—昂—昂。咩—耶—耶—耶……」

德國兵笑了，聽懂了。賓留了長髮，一身泥巴，很容易被人當成牧羊童。

「我丟了一隻羊，」他哀號著，「一定跑到路的另一邊去了，一定的。羊兒會去了哪裡呢？」賓匆匆穿過柵欄，繼續前行，還叫嚷著：「咩—耶—耶—耶……」於是他過了這一關。

他看見海。昨日的海洋乍看像是天邊混濁的烏雲，這時看來卻是色澤漸深的一條色帶，山丘和房舍的湛藍背景。

賓來到他的河床。這一夜，青蛙不多。黑色蠓蚊在水窪上畫出漣漪。越過竹林，就是通往蛛巢的小徑，那是只有賓一個人才知道的神奇地帶。在那裡，賓可以編織魔咒，可以自立為王，可以變成神仙。他在小徑上走著，提心吊膽。是的，蜘蛛的窩就在這裡了。可是——這裡被人翻攪過了，似乎有人前來搜過這片地，草莖折斷了，石頭也被移開……蜘蛛的窩被人毀了，巢穴的小門也被搗開。是痞利啊！痞利知道這個地方。痞利來過這裡，他那張嘴一定流著憤怒的口水，他必然是以雙手將土壤掘開、將棍棒插入土穴中、逐一殺死所有的蜘蛛，翻找那把P三十八手槍！痞利找到槍了嗎？這個地方，賓認不得了。他原來安置的石頭已經不見，草莖也一把一把地拔去了。應該就是這個地方沒錯呀，他以前埋槍的土洞還在，可是——這時土洞裡塞滿了土壤和石頭碎片。

賓雙手抱頭，開始啜泣。現在，沒有人會把手槍還給他了。痞利人已經死去，他留下的武器裡也沒有包括那把手槍。他會把槍藏到哪裡呢？他會把槍交給誰呢？那把槍是賓在世界上僅有的一件財產啊——現在，賓該怎麼辦才好？他不能回游擊隊，因爲他把大夥都得罪光了，從曼奇諾、姬麗雅、公爵到長腳紀納都和他有仇。他也回不了酒館——酒館被包抄了，那裡的人要不是被放逐，就是被殺了。唯一留下的傢伙就是法國佬米榭，可是他去了黑衫軍那裡。賓可不希望自己的下場像痞利一樣——痞利爬了好長一段階梯，卻還是逃不了被殺的命運。孤伶伶一人活在這個世界，賓。

*

長巷黑妞正在試穿一件嶄新的藍色洋裝時，她聽見敲門聲。她聆聽著——近來，她很怕陌生人來敲她的門。她在長巷的老家裡。

「是誰啊？」

「開門，黎娜！我是妳老弟，賓啦。」

黎娜打開門，讓她的弟弟進來。賓的衣著古怪，一身泥濘，一頭亂髮竟然比他的肩膀還要寬，身體髒污衣服破爛，靴子龜裂，臉頰沾滿砂塵和眼淚。

「賓！你到底到了哪裡去了？這段時日，你去了哪裡？」

賓走進房，卻不正眼瞧自己的姐姐。他粗野說道，「別來煩我。我去了很多我想去的地方。有沒有東西可以吃？」

黑妞變得好有母性。「等一下，我把食物準備好。坐下吧。你看起來好累噢，小賓賓。你眞好命，我正好在家。我最近很少回來這裡了。我現在都住在旅館。」

賓開始嚼起麵包，吃起一塊以花生製成的德國代用巧克力。（譯註：在此所指的代用食物，是在物資短缺時的替代品。如，缺少可可粉的時候，便以花生米來仿製巧克力；缺少麵粉時，便以馬鈴薯粉來代替麵粉。）

「我懂了，他們對妳眞好。」

「賓，我一直都好擔心你呢！你這段時間都在幹什麼呢？你流浪啊？造反啊？」

「妳呢？」賓問。

黑妞在麵包上塗抹德國代用果醬，然後遞給賓。

「賓，你接下來有什麼打算呢？」

「不知道。讓我先吃吧。」

「聽著，賓，你一定要學聰明些。你知道嗎，我工作的地方需要像你這樣的聰明孩子。他們可以好好照顧你呢。你在那邊的工作並不多——你只需要整天遊蕩，觀察人們在幹什麼就行了。」

「嗨，黎娜，妳有沒有任何武器啊？」

「我？」

「我當然是在問妳。」

「噢，我有一把槍。我隨身帶槍，因爲這年頭什麼都很難說。槍是黑衫軍的一個傢伙送我的。」

賓抬起眼，嚥下一大口口水，「黎娜，讓我看那把槍吧。」

長巷黑妞站起身。「你幹嘛對手槍如此著迷？你偷了弗立克的槍，難道還不夠嗎？這把槍就像弗立克的一樣。你拿去看吧。可憐的弗立克，他被送去大西洋岸了。」

賓盯著手槍，著迷了。是一把P三十八。他的P三十八啊！

「是誰給妳的？」

「我說過，是黑衫軍的一個傢伙送的。是個金髮男孩，他的感冒很嚴重。我沒吹牛，那個人身上一定同時帶了七把不同的槍。『你爲什麼要帶這麼多槍在身上？』我問他。『給我一把嘛。』可是他不依，不管我怎樣苦求他。他噢，是個手槍狂啦。後來他才給我這把槍，因爲這把槍的狀況最差。不過，還是很好用的。『你給我的這個，叫什麼呀？』我問他，『這是加農炮嗎？』結果他說，『嗯，反正槍炮都是同一家。』我不知道他這是什麼意思。」
姐姐說的話，賓再也聽不進去了。他手裡把玩手槍。他抬眼望向姐姐。他把手槍抱在胸口，彷彿當它是個洋娃娃。他粗聲說道，「黎娜，妳聽著，這把槍是我的！」
黑妞擺出一張臭臉。「你著魔了啊？你造反成性啦？」
賓舉起一把椅子，用力往地上摔。
「妳這隻母豬！」他用盡力氣吶喊，「婊子！間諜！」
他把手槍插入褲袋，甩門就走。

*

屋外已經天黑。長巷一如廢墟，如同他剛來的時候一樣。商店都關著門。木板和砂袋築成的牆上嵌有彈殼碎片。
賓走向河床。他覺得自己好像又回到當時他剛偷到手槍的那一夜。現在，他手裡握著槍，可是一切都沒有改變——他仍然孤伶伶一人活在世界上，甚至比以前還要寂寞。賓的心裡浮起一個問題，屬於這個夜晚的問題：「我該怎麼辦呢？」

他沿著灌溉水道走著。一邊走一邊哭。他先是靜靜啜泣，後來卻放聲大哭。這時不會有人走過來陪他的，反正以前也都沒有。果真沒有嗎？一個朋友也沒有？有個巨大的人影在水道轉角處出現。

「表弟！」

「賓！」

這裡眞是神奇的地方啊，不可思議的情事不斷發生。手槍也具有魔力，像魔術棒一樣。表弟也像是一位偉大的魔術師，他仍然扛著輕機槍，戴著羊毛帽。他把手按在賓的肩膀上，問道，「好啦，賓，你在這裡幹什麼？」

「我來拿我的手槍。你看。德國海軍的手槍噢。」

表弟細看一番。

「好可愛。是P38。好好照顧它吧。」

「你呢？表弟，你來這麼做什麼？」

表弟嘆了一口氣，他似乎永遠充滿悔恨的樣子。彷彿也一直在進行懺悔。

「我要去拜訪一個人。」他說。

「這裡是我的地盤。是很神奇的地方喔。蜘蛛在這裡築巢呢。」

「蜘蛛會築巢啊，賓？」

「世界上只有這裡的蜘蛛才會築巢。」賓解釋道，「而且知道這個祕密的人只有我一個。可惜痞利那個法西斯分子來這裡，把一切都搞砸了。我帶你參觀一下，好嗎？」

「好啊，帶我參觀吧，賓。蜘蛛的窩哪，真有意思。」

賓牽起表弟的大手。又軟又暖，像麵包一樣。

「在那裡，你看，那裡有好多小門，可以通往牠們的小隧道。結果那隻法西斯豬玀把這一切都毀了。這裡還有一個完整的窩，你看見了嗎？」

表弟在旁跪下，往黑洞之中探視。「看哪，看哪，小門可以開關呢。裡頭還有一個隧道。隧道很深嗎？」

「很深噢，」賓解釋道，「隧道旁邊都塞了草屑。蜘蛛住在最裡頭的地方。」

「來點根火柴吧。」表弟說。

兩人並肩跪下，透過火柴的光線觀察隧道入口。

「嘿，把火柴丟進去吧，」賓說，「看看蜘蛛會不會逃出來！」

「幹嘛欺負蜘蛛呢？可憐的小鬼！」表弟說，「你不知道蜘蛛已經吃了很多苦頭嗎？」

「喂，表弟，你覺得蜘蛛會重新築巢嗎？」

「我想會吧。我們讓蜘蛛安靜過日子，牠們就會重新築巢了。」

「我們改天再來看看它們吧？」

「好啊，賓。我們每個月都過來看一看。」

好棒啊，賓發現表弟原來也對蜘蛛的窩感興趣！

「喂，賓——」

「怎麼了，表弟？」

「喂，賓，我有件事想要問你。我知道你很懂——那些事。你知道，我上次和女人在一起，已經是好幾個月以前的事了……你懂我說的事吧，賓。聽我說，聽說你姐姐——」

賓笑了，像以前那樣笑著。賓是大人的朋友。是的，他懂這一類的事；他有能力的時候，很願意幫助朋友。「唉唷，表弟啊，你和我姐一定玩得起來的。我教你怎樣去找她。你知道長巷嗎？嗯，長巷中間有一個木匠的作坊，過了作坊的下一扇門就是我姐的地方。別擔心，你在巷子裡不會遇上別人的。不過，對我姐要小心一點。不要跟她說你是誰，也不要說是我叫你去找她的。你就說你在『多德』

工作（譯註：詳見第三章原註），剛好經過這一帶。呵，表弟，你本來還一直咒罵女人咧。去吧，去吧，我姐很黑，男人都很喜歡她。」

表弟悲傷的大臉浮現輕輕的微笑。

「謝謝你，賓，你眞夠朋友。我馬上回來。」

「老天，表弟啊，難道你要扛著輕機槍去找我姐嗎？」

表弟捻了捻鬍。

「嗯，你知道嘛，我喜歡隨身帶著武器啊。」

表弟似乎覺得尷尬，於是賓笑了。「嘿，你拿我的手槍去好了。你把輕機槍交給我，我幫你保管。」

表弟放下輕機槍，將手槍插進口袋裡。接著他脫下羊毛帽，同樣收在口袋裡。然後他吐了些唾沫在手指上，試圖順一順頭髮。

「表弟啊，我知道你想讓自己看起來體面一點。你想要給我姐留下美好印象。動作要快啊，不然她可能就出門去了。」

「待會見囉，賓，」表弟說完，便離去了。

現在賓獨自站在一片黑暗之中，站在蜘蛛的小窩旁，輕機槍就擱在他腳邊。雖然又是孤獨一人了，但賓卻不再絕望。他重新認識表弟了，表弟正是賓苦尋多時的好朋友，一個對蜘蛛巢穴感興趣的朋友。不過表弟也像其他的大人一樣，對女人懷抱神祕的慾望。這時表弟已經去找賓的姐姐了，大概正在零亂的床上擁抱老姐的身體吧。賓仔細想了想——表弟如果不去找姐姐上床，賓才會比較高興吧。表弟最好留在賓的身邊，花多一點時間觀察蜘蛛的窩。表弟最好像以前一樣批評女人；賓完全贊同而且瞭解那些針對女人的批評。可是，表弟還是像其他的大人一樣，愛女人。沒辦法。這些事，賓可以體諒。

舊城裡響起槍聲。是誰開了槍？大概是巡邏的士兵開槍吧。像這種夜裡的槍聲，總是很嚇人。表弟一個人闖入法西斯分子的巢穴找女人，實在太魯莽了。賓很擔心表弟給巡兵逮住了——說不定他姐姐的房裡有許多德國人埋伏，抓住了表弟。然而在賓心底，卻覺得這是一種報應……表弟去找賓的姐姐——那隻多毛的母青蛙——怎麼會有什麼好下場呢？

但是，如果表弟被抓，賓就要像以前一樣寂寞了。他身上只剩一把輕機槍，可是他卻怕這把大槍，也不懂得怎樣操控它。賓希望表弟不要被抓，他全心全意期盼表弟回來——並不是因爲表弟是賓苦尋多時的好朋友——不，表弟才不是什麼好朋友呢，他和其他的男人沒兩樣——而是因爲，如果沒有了表弟，賓在這個世界上就完全孤單了。

可是賓還不必開始憂慮。他還應該再等一等。他並沒有久等——他看見一道人影走近，不一會兒就來到他面前。

「表弟，你怎麼這麼快就回來了？你搞過我姐了嗎？」

表弟搖了搖頭，臉上還是一副憂悒的神色。

「沒。你知道嗎，我一看見女人就覺得噁心，所以什麼都沒做就回來了。」

「要命啊，表弟，你會覺得噁心呀？」

賓很開心。原來表弟眞的是他的好朋友。表弟什麼都知道——表弟甚至知道女人有多髒。

表弟把輕機槍扛回肩上，將手槍交還給賓。

他們走進鄉野。賓握著表弟的手。表弟的手又大又軟，讓人放心。

黑夜裡閃現細碎微光——無數的螢火蟲在樹籬上爍爍發光。

「表弟啊，女人是很髒的動物呢……」賓說。

「她們都是一樣的，」表弟同意道，「不過也有例外。像我媽就不髒……」

「你還記得你母親的模樣嗎？」賓問。

「我記得。我媽在我十五歲的時候過世了。」

「她是個好母親嗎?」

「是啊，」表弟說，「她人眞好。」

「我母親也很好。」賓說。

「螢火蟲好多呀。」表弟說。

「如果你仔細觀察那些螢火蟲，」賓說，「你就會發現，螢火蟲也很髒，紅紅的。」

「啊，」表弟說，「我從來沒有看過這麼美麗的螢火蟲呢。」

兩人繼續走著，大人小孩並肩同行，走入夜色，穿過一大群螢火蟲。他們緊握彼此的手。

大師名作坊 911

蛛巢小徑

作者—伊塔羅・卡爾維諾
譯者—紀大偉
主編—鄭麗娥
編輯—李慧敏
校對—王力容、紀大偉、李慧敏
董事長
發行人—趙政岷
總編輯—余宜芳
出版者—時報文化出版企業股份有限公司
10803台北市和平西路三段二四〇號四樓
發行專線—（〇二）二三〇六六八四二
讀者服務專線—〇八〇〇二三一七〇五・（〇二）二三〇四七一〇三
讀者服務傳真—（〇二）二三〇四六八五八
郵撥—一九三四四七二四時報文化出版公司
信箱—台北郵政七九～九九信箱
時報悅讀網—http://www.readingtimes.com.tw
電子郵箱—history@readingtimes.com.tw
法律顧問—理律法律事務所 陳長文律師、李念祖律師
印刷—勁達印刷有限公司
初版一刷—一九九九年十一月八日
初版二刷—二〇一七年五月九日
定價—新台幣二二〇元
（缺頁或破損的書，請寄回更換）

時報文化出版公司成立於一九七五年，
並於一九九九年股票上櫃公開發行，於二〇〇八年脫離中時集團非屬旺中，
以「尊重智慧與創意的文化事業」為信念。

ISBN 978-957-13-3001-9
Printed in Taiwan

國家圖書館出版品預行編目資料

蛛巢小徑 / 伊塔羅．卡爾維諾著

著；紀大偉譯. -- 初版. -- 臺北市 : 時報文化, 1999〔民88〕

面；　公分. -- (大師名作坊；911)

譯自：Il sentiero dei nidi di ragno

ISBN 978-957-13-3001-9 (平裝)

877.57　　88014751

大 師 名 作 坊

卡爾維諾作品集

伊塔羅．卡爾維諾◎著

AA903

如果在冬夜，一個旅人

吳潛誠/校譯　◎定價260元

這是一本關於小說的小說，主旨在探討小說的閱讀及寫作。除了嵌入小說部分自行反思之外，框架故事直接探討有關小說的各種問題，並涉及作者、譯者、讀者、文本之間的互動，虛構與事實的關係等等，可說是鉅細靡遺。

AA904

分成兩半的子爵

紀大偉/譯　◎定價150元

劈成兩半的男子，兩片人體各自繼續過著自己的生活。被切成兩半其實是件好事，切成兩半之後，才會理解世界上的一切人事物都不完整，才會知道這種不完整會帶來悲傷。

大 師 名 作 坊

卡爾維諾作品集

伊塔羅·卡爾維諾◎著

AA905

不存在的騎士

紀大偉/譯　◎定價160元

一具中空的甲冑自認為是一名騎士，不斷以意志力支撐自身的存在。他作戰嫻熟、應對有理，身處一群裹著鐵甲的士兵中，這名不存在的騎士卻是最具體且完美的騎士。

AA906

樹上的男爵

紀大偉/譯　◎定價250元

十二歲的柯西謨，在首次與父母發生嚴重衝突後，決心爬到樹上，在樹上受教育、讀書、狩獵、救火、與海盜作戰，甚至談戀愛、寫作、觀察並參與時代巨輪的轉變；他長居樹林，忠誠的面對自己的一生，直到還諸天際。

大 師 名 作 坊

卡爾維諾作品集

伊塔羅．卡爾維諾◎著

AA910

命運交織的城堡

林恆立/譯　◎定價150元

這本書先由圖畫組成——塔羅遊戲牌——然後再以文字寫就。透過圖案的排序，故事被呈現，文字則企圖重構與解譯。書中由兩部分文字構成——命運交織的城堡與命運交織的酒館，塔羅的序列以水平、垂直或反向的方式，構成了每個故事。每一則故事都有顯著的連貫性，提供卡爾維諾寫作的愉悅，也帶給讀者閱讀的驚奇。

大 師 名 作 坊

卡爾維諾作品集

伊塔羅・卡爾維諾◎著

AA911

蛛巢小徑

紀大偉/譯　◎定價220元

這是我的第一部長篇小說。我將它定義為一種「使命感」文學。所謂的「使命感」是種承諾，它主要的意涵是意象與文字、姿態、步調、風格、輕蔑、違抗。在這本書裡，當時文學的陳跡和我少年時代的刻痕交織在一起。充滿綜合的、不規矩的元素，卻是我所堅持的。

請沿虛線摺下裝訂，謝謝！

編號：AA0911	書名：蛛巢小徑
姓名：	性別：＿＿＿＿ 1.男　2.女
出生日期：　年　月　日	身份證字號：

＿＿＿＿ 學歷：1.小學　2.國中　3.高中　4.大專　5.研究所（含以上）

＿＿＿＿ 職業：1.學生　2.公務（含軍警）　3.家管　4.服務　5.金融　6.製造　7.資訊　8.大眾專播　9.自由業　10.農漁牧　11.退休　12.其它

地址：＿＿＿＿縣（市）＿＿＿＿鄉鎮區＿＿＿＿村＿＿＿＿里

＿＿鄰＿＿＿＿路（街）＿＿段＿＿巷＿＿弄＿＿號＿＿樓

郵遞區號＿＿＿＿＿＿

（下列資料請以數字填在每題前之空格處）

＿＿＿＿ **您從哪裡得知本書／**

1.書店　2.報紙廣告　3.報紙專欄　4.雜誌廣告　5.親友介紹
6.DM廣告傳單　7.其他＿＿＿＿

＿＿＿＿ **您希望我們爲您出版哪一類的作品／**

1.長篇小說　2.中、短篇小說　3.詩　4.戲劇　5.其他＿＿＿＿

您對本書的意見／

＿＿＿＿ 內　　容／1.滿意　2.尚可　3.應改進
＿＿＿＿ 編　　輯／1.滿意　2.尚可　3.應改進
＿＿＿＿ 封面設計／1.滿意　2.尚可　3.應改進
＿＿＿＿ 校　　對／1.滿意　2.尚可　3.應改進
＿＿＿＿ 翻　　譯／1.滿意　2.尚可　3.應改進
＿＿＿＿ 定　　價／1.偏低　2.適中　3.偏高

您的建議／

＿＿＿＿＿＿＿＿＿＿＿＿＿＿＿＿＿＿＿＿

＿＿＿＿＿＿＿＿＿＿＿＿＿＿＿＿＿＿＿＿

＿＿＿＿＿＿＿＿＿＿＿＿＿＿＿＿＿＿＿＿

請沿虛線撕下後對折裝訂寄回，謝謝！

寄回本卡，大師名作將優先與您分享

世界一流作家名作精粹

MASTERPIECE
大師名作坊

MASTERPIECE

地址：台北市108和平西路三段240號4F
電話：（080）231-705（讀者免費服務專線）
（02）2306-6842・2302-4075（讀者服務中心）
郵撥：0103854-0時報出版公司

請寄回這張服務卡（免貼郵票），您可以——
●隨時收到最新消息。
●參加專為您設計的各項回饋優惠活動。